中 国 新 诗
100
years 年

CLOCKWORK BEASTS
OF BURDEN IN SPRING
POEMS BY XI YONG JUN

春天的木牛流马

席 永 君 诗 选

席 永 君 —— 著

作家出版社

目　录

序
在尘世间感惜光阴　柏桦
....
1

序

在尘世间感惜光阴

柏桦／文

"世事漫随流水，算来一梦浮生。"真没想到就这么轻轻一晃，曾经繁华的岁月就成寂寞的往事。想当年（大约从一九九二年起），我投身书海做一名自由撰稿人是何等的忙碌热烈，也就是在那一段非凡的日月里，我认识了诗人席永君。他来自离成都不远的临邛古城，人很安静，很整洁，很清瘦，看上去形貌自有一种古风。从一开始，他就给我如下一种诗人印象：生命对于他只是诗与文字，而非名和利。我知道他是"整体主义"诗派（有关对该派的谈论可参见我另一著作《左边：毛泽东时代的抒情诗人》）的重要一员，同该派掌门人石光华及宋渠、宋炜、万夏诸君一道，致力于汉诗的写作，但由于过分内向沉默，不太引人注意。再往后，随着交往的加深，我零星地读了他一些小诗，真是写得既安静又有章法，其诗风与我的某一类路数颇为近似。后来，我去他家吃茶，参观了他的藏书，神秘终于打开：他的藏书与我完全相似，他所喜欢的书正是我喜欢的，而且，尤其重要的是他竟和我一样专门收藏那些冷僻的书。不仅于此，他的藏书量和阅读量也相当惊人，或许比我还大。如是，我喜欢上了这位诗人。

不久前，永君寄来了整整一本他即将出版的诗选集《春天的木牛流马》，这是十多年来我首次较为完整和集中地读他的诗歌。通篇读下来，我禁不住暗暗吃惊，也禁不住想动手抄录他其中的许多诗句。依然是最初给我留下的印象，写得既安静又有章法。整本书尽由精细的小诗组成（这是我十分乐意见到的），即便有组诗，也是由若干短制形构。在这些诗篇里，他有时以一个成人的目光侦破周遭的现实，有时又以一个孩子的目光打量出平淡中的不凡（如《童年》组诗），有时还以一位古代道人目光遥对玄秘的风景。他就这样"为诗中的自我戴上了种种面具"（借自裘小龙论叶芝的一个观点），以非个人化的姿势写出更为深幽的个人化的诗歌。

诗人的另一个特点是在现代性的书写中融入汉风，即我们常说的中西合璧，或闻一多所说的，新诗"要做中西艺术结婚后产生的宁馨儿"，或者就是卞之琳的座右铭，"化欧化古"，或者也是我一贯所说，汉风与洋味的结合。正是如此，永君的诗有一种温柔的优美，讲分寸，不做作，放弃西式速度及爆发力，竭力遵循吾国传统之作诗法典，即"温柔敦厚"的诗教。真是文如其人，与他的普通为人一样，他成为了这样一个静悄悄的诗人，他的任务就是在尘世间感惜光阴，默默观看，享受内心丰富而微妙的感受，并以沉静的形式写出一首首精致的小诗。

在本篇短序结束前，我要引用他书中的两句诗（出自《春天》）来简说几句：

轻雷滚过川西平原
春天驾着木牛流马来了

这两句诗可说是用最恰当又最神秘莫测的四个名词和两个动词（声音也极好，平仄十分相宜，读来谐于唇吻）集中展出了诗人的形象，它不仅令我嗅闻到了川西平原在临邛古城那一带的古今气息（那可是三国时期，蜀相孔明安排军事的重镇），同时也让我仿佛在幻觉与真实中看到我们的诗人正安详地驾着古老的木牛流马向我们走来。

好了，面对这样一位如此安静的诗人，我也不能过于铺展多说了。现在是深冬，在这严寒的天气里，我幽居室内正阅读着诗人，在此，请允许我就以王寅早年的两行诗（出自《朗诵》）落幕吧：

谢谢大家

谢谢大家冬天仍然热爱一个诗人

二〇〇九年十二月二十五日，于成都西南交通大学

第一辑

——二〇一〇年代诗选

成都的两个草堂

此园非彼园

御翠草堂当然不是杜甫草堂

成都的两个草堂

一个姓霍，一个姓杜

杜甫草堂姓杜吗?

天上的杜甫直摇头：

俺的茅屋早已为秋风所破！

何来草堂供尔炒作，供游人如织

昨夜，一行清泪随风潜入草堂

凭吊《人日寄杜二拾遗》诗篇

"柳条弄色不忍见，梅花满枝空断肠。"

哎，故国的春天多伤怀

俺已一千二百九十八岁

多谢何绍基大人提醒

俺将和老友高适人日归来

买些鱼儿去浣花溪放生

今次，御翠草堂主人霍晓发出邀请

开春，让我携杂志社同仁

前去姓霍的草堂踏青

领略那儿的真水与假山

二〇一〇年二月十三日，成都中央花园

关于省油灯的实验报告

人间巧艺夺天工，
炼药燃灯清昼同。

　　　——元·赵孟頫《赠放烟火者》

新闻说，奥巴马竞选总统，拒绝"奥希配"
他觉得希拉里"不是省油的灯！"
"省油灯"并非无稽之词
省油灯究竟为何物？
"书灯勿用铜盏，惟瓷盏最省油。"
这样的灯产于何时何地
何人的巧手竟夺了天工
"蜀中有夹瓷盏，
注水于盏唇窍中，可省油几半。"
《老学庵笔记》中陆放翁补充道
一腔清水注入腹中
故国的清夜，有多少诗人
在清凉的省油灯下
彻夜推敲，尽情吟哦

川大的陈德富教授再也按捺不住
为了证实"省油几半"

一九八三年，他用四件馆藏邛窑省油灯

分别于冬夏两季进行实验

与此同时，邛崃人何平扬

也争分夺秒开始仿制

二人从两个不同方向

同时逼近省油灯的真身

陈德富教授实验报告如下：

各式省油灯夹层中注水比不注水时，

夏季平均能省油百分之十三点六，冬季百分之八点六，

其中一件夏季省油可达百分之二十二。

何平扬仿制的省油灯

釉色均匀、细腻

浑然天成，几可乱真

在古玩市场，让初涉收藏的古玩家

交了不少"学费"

不愧为工艺美术大师

不愧为"邛窑传人"

二〇一〇年二月十三日，成都中央花园

庚寅年春节

城市复归宁静

这才是它本来面目

这才是我要的生活

街道上，鸟多于树，树多于人

行人三三两两，或候车，或步行

捧一束鲜花回家

拎一篮水果，走亲访友

出租车被冷落，公交车多礼貌

所有早起的人被祝福

贪恋被窝的人还在继续贪恋

一年到头，好不容易睡个懒觉

他深知开口即错，懒得与夏虫语冰

但民俗一再告诉人们，虎即福

虎年要生龙活虎，虎虎生威

大过年的，百姓在餐桌上团圆

正好给大街小巷放假

我是早起者，见证了城市的忙碌

今次，又见证了它的休养生息

而在柳江镇，游客却不给铁索桥放假

大人不管好小孩

任其在上面晃晃悠悠

结果桥断了，大年初一酿成悲剧

二〇一〇年二月十四日，正月初一，成都中央花园

春天

宜宾的五种粮食，只有小麦播了种
其余的大米、玉米、高粱、糯米
仍在姚氏家喝茶，冲壳子，打麻将
小哪吒去了东海拜见龙王
而春天早已迫不及待，驾着风火轮来了

在川西平原，以南方为尊的蜀人
沉浸于武侯祠的游喜神方
游人熙攘，诸葛亮不再神机妙算
木牛流马也不再运送军粮
而是专门用于运载春天

春天来了，油菜花揭竿而起
岁在庚寅，这一年一度的黄巾军
要起义，要革命，要造反
要推翻冬天的专制与暴政

杜鹃知道了自己的前生
春天不再犹抱琵琶
恋人们走在田埂上春心荡漾
整个蜀国暖洋洋的

二〇一〇年三月七日，成都中央花园

9

日知录：偷吃苹果

苹果的故事并不浪漫

一九七七年，薄雾迷蒙的秋天

在南宝山劳改农场

我看见一个犯人躲在土坎下

津津有味地偷吃苹果

他是一个右派，吃相并不难看

在这之前，在另一个山坡

另一棵苹果树下

我刚刚偷吃了一个

苹果熟了，苹果很甜

温饱线上挣扎的右派和少年啊

怎经得起苹果的诱惑

犹如情窦初开的男孩

怎经得起少女的诱惑

山野里充满了苹果的芳香

这劳改农场，这荒凉的

伊甸园，续命苟存的苹果

这诱惑跟情欲无关

跟亚当和夏娃无关

二〇一〇年七月二日，成都中央花园

十月一日的老鼠

辛未，帝亲录系囚，见应死者，悯之，纵使

归家，期以来秋来就死。仍敕天下死囚，皆纵遣，

使至期来诣京师。

　　　　　　　　——《资治通鉴》第一百九十七卷

共和国华诞之日，老鼠

依然是老鼠，依然趁无人之际

潜入我家偷吃月饼、鸡肉和水果

它是否偷吃过我的茶不得而知

当我和家人购物回家，我看到

老鼠是从茶杯处逃窜的

这引起了我的厌恶和愤懑

是可忍，孰不可忍

遂决定在国庆之日，对其痛下杀手

于是，全家人对老鼠展开围剿

先关了厨房门，卫生间门，卧室门

企图把老鼠消灭在客厅里

并动用了扫帚，铁钎，木棍……

这些冷兵器时代的武器统统派上了用场

而小老鼠异常机灵，很难对付
这人民战争的汪洋大海
扫帚如铁蹄，老鼠受了伤
但我却未发扬痛打落水狗的精神
在国庆之日，饶了它的小命

想当年（贞观六年），仁君唐太宗
与四百死囚立下君子之约——
放他们回家过年，来年秋收之后
再到大理寺监狱集合
死囚们回来了，一个都不少
唐太宗龙颜大悦
全部赦免了他们的死罪
想如今一只老鼠偷吃食物，罪不至死
打伤已是对其最大的惩罚

二〇一〇年十月二日，成都中央花园

电子时代的情书

那些曾经发给你的伊妹儿

（准确说，是写给你的情书）

你会隔三差五重温吗？

如果重温，你的眼神

是否还像从前一样柔和，饱含湿润

在你的文件夹里

那些情书保持了怎样的体温？

怎样的激情才能让它们

化作一叶叶扁舟，渡我们回到

比山楂树更遥远的从前

你是否为每一封情书设计了信封？

并贴上邮票，盖上邮戳

你说：爱情就活在字里行间

在我们的词典里，爱情

永远是不及物动词

它的另一个称谓叫柏拉图

在名词和动词之间荡着秋千

难道所有的爱情都是见光死？

文字的保鲜剂能否让爱情历久弥新

如是，这电子时代的尺笺

就将永远珍藏在我的电脑里

二〇一〇年十月二十六日，成都中央花园

东西

——给南北

蒲草箱盛下了摩西

竹篮却盛不下"南北"

于是，南北走南闯北

相忘江湖，云游四海

而竹篮盛下的"东西"

是尺牍，是惊堂木

对酒当歌，漫卷诗书

哈哈，一声棒喝

这正是南北想要的

二○一○年十月二十六日，成都中央花园

注：清人龚炜《巢林笔谈续编》卷上《买东西考》记载："明崇祯时，曾遣中官问词臣，曰：'今市肆交易，止言买东西，而不及南北，何也？'词臣莫能对。辅臣周延儒曰：'南方火，北方水，昏夜叩人之门户求水火，无弗与者，此不待交易。故但言买东西，而不及南北。'帝善之。"

向埋首花丛的园丁请教

"不认识自然的人就像孤魂野鬼。"
加里·斯奈德说。他的东方情怀令人感动
下午，我在空旷的花博会园区漫步
满眼开花和不开花的植物

看上去似曾相识，但大多叫不出名字
我的心一阵羞愧，"那么多植物不认识
能说自己热爱自然吗？"
我俯下身，向一位埋首花丛的园丁请教

这个下午，我认识了好几种植物
它们叫波斯菊，蜀葵，仙客来，天山红花
我的内心有一种宁静，又有一种大欢喜

哎，我的灵魂又在尘世找到了一点归宿
当我离去，它便寄居在薰衣草
以及早年认识的金银花，车前草，六月雪上

　　二〇一〇年十一月三十日，改于成都中央花园

在一杯茶中修行

——给茶人何建华

喝茶乃方便法门
每日，我并不闭目打坐
只是在一杯汤色澄澈的茶中修行
并不想与陆鸿渐论茶中三昧
与吴理真谈茶的栽培，谈明前明后
雨水、惊蛰、春分、清明、谷雨
多谢茶人何建华，每日
我就喝他赠我的五时茶

哎，雨水茶是用来祭天的
就不喝了。在一杯惊蛰茶中
我听见隐隐的雷声
一杯春分茶，让我明白
天下大儒皆持中庸之道
当一杯清明茶渐渐泡淡
我在杯中看见了前世的肖像
每一片茶叶都是我的真身
而一杯谷雨茶让我停止追问
那肉体的韶光，童年的考古学
爱情已修炼成一匹枯山水

二〇一〇年十二月八日，成都中央花园

内急的大多数

——给唐翔

你拍下了我的背影

那时，我们正乘坐大巴

从西昌向金阳紧赶慢赶

多么遥远的旅程

途中，我们内急的大多数

在路边的枞树林里小便

在大凉山宝石一样的天空下

那从我们体内分泌出的液体

多么洁净，纯粹

在索玛花盛开的五月

那是我们身体的一部分

永远留在了高原

二○一一年五月二十五日，成都中央花园

扬州慢

在烟花三月的扬州，仿佛
一切皆是慢的。那瘦西湖
那小盘谷，那何园、个园
生长的四季，停顿的山水

今夜，老啤酒厂的时光是
慢的。那粉碎罐、糖化罐
冰水罐、发酵罐、贮存罐
一扎扎自酿的啤酒，要在

这些罐中酝酿三周，才能
被我们品尝。那啤酒的慢
感染了原本比慢还慢的茶
一壶碧螺春泡了三个小时

古运河上的画舫也是慢的
琼花盛开，载不动隋炀帝
几多愁。二分明月在扬州
照着那年凭栏寄怀的歌女

二〇一一年六月十六日凌晨，成都中央花园

让子弹飞

让子弹飞——

一个人在香港死了

在内地却还活着

哎，这也是一国两制

杨伯劳可以是黄世仁

让子弹飞——

汶川地震摧毁了家园

如今，新建的房子

再次遭遇泥石流

脆弱的生态嘲讽重建的速度

让子弹飞——

外遇的丈夫与妻子离异

如今，浪子想回头

伤口上的月亮照亮回家的路？

婚姻可以是一场拼图游戏

　　二〇一一年七月九日凌晨，成都中央花园

白非白

白咖啡并非白色的咖啡

白茶也并非白色的茶

而一张白纸呢？而一个白痴呢？

逆流而上的船只咬紧江水

夏天忙着给地板打蜡

叠床架屋的世界多么光滑

铁客①从故乡送来宋代的声音

你固执地要在白里更添一点白

一场大雪悬在空中

二〇一一年十月四日，成都中央花园

———————————
① 铁客，乃蜀派古琴大师俞伯孙收藏的一床宋琴。

宇宙最后会变成冰

"宇宙最后会变成冰！"

诺奖科学家如是说

那么，诗歌呢？那么，爱情呢？

也许是一粒粒冰渣，且早已溶化

昨天，特朗斯特罗默刚获诺奖

这让老诗人情何以堪

诗歌的冰渣，爱情的冰渣

我们坐在月亮下，坐在

一块冰下，追忆前世与来生

永夜无眠，我们的

泪水已成冰，呵气已成冰

二〇一一年十月八日凌晨，成都中央花园

康书雅生日派对

在成都，康书雅住在放生池街
生日派对，家中来了许多朋友
美国的，爱尔兰的，加拿大的
主要还是家在成都的中国朋友
行为艺术家刘成英乃其中之一
朋友络绎不绝，挤满了一屋子
客厅，厨房，卧室，到处是人
凉风中，一些人干脆上了屋顶
屋顶的方形鱼池里有三条锦鲤
我们的不期而至打扰了鱼的梦
打扰了怀着果实的橘子树的梦
我们就站在橘子树旁谈天说地
刘成英说，鱼池可以是放生池
而偷盗和顺手牵羊却大有区别
趁着夜色，他从橘子树上摘下
一颗橘子，并理所当然地揣进
衣兜里。这不叫偷叫顺手牵羊
哈哈，那些橘子正是树上的羊
世界不减也不增，橘子不过是
从橘子树来到刘成英的衣兜里

君子无戏言，人生是一场无须

观众的行为艺术。接着表演吧

我，人群中的外星人，聆听着

人类的辩证法抑或谎言和诡辩

　　二○一一年十一月二十九日凌晨，成都中央花园

我的名字叫墙

我的名字叫墙

我是微氏家族的子孙

我的先祖微子启

乃商末微地一代封君

世道衰微，天下乱象丛生

先祖数次谏言，皆被无道的

纣王当成了耳边风

绝望中遂率族奔周

一个王朝宽广的胸怀

让殷商遗民感激涕零

如今，我已年迈，为纪念先祖

我制作了一个被后世

称作"墙盘"的青铜器皿

在盘内底部，我刻意铸了

十八行二百八十四字的铭文

文王、武王、成王、康王、昭王、穆王

作为伟大时代的小小史官

铭文中，我首先追述了列王的事迹

——历数他们的文功与武德

接着叙述自己的祖先

高祖、烈祖、乙祖、亚祖、文考

烈烈先祖神在上，不断降下大福祥

我一气呵成，言辞典雅高古

我要让祖先的功德世代传扬

我深知肉身的易朽

这坚硬的文字，厚重的档案

青铜铸就的史书

让鸿蒙初开的信史时代更加可信

啊，借着这青铜铭文

一不小心，我的名字也得以永生

二〇一二年二月十一日，成都中央花园

舌尖上的禅

墨试小螺看斗砚，

茶分细乳玩毫杯。

　　　　——陆游《入梅》

此刻乃一天中的冬季

想起你，我倍感温暖

什么时候，我们才能

像古人一样秉烛夜话

至少回到宋代，江山

多红颜，多素口蛮腰

茶舍书香袅袅，春天

在毫杯中又一次复活

那茶百戏，那水丹青

那茶汤中的山水真身

闲者自闲外款款归来

悟道者一盏便得真趣

舌尖上的禅引领我们

一颗菩提心参破苦谛

　　　　二〇一二年四月十九日凌晨，成都诚品上院

涂鸦的火车

风儿给火车插上了翅膀

我看见云停下流浪的脚步

在火车上小憩，看见一匹马

贴着火车的胸脯飞奔

铁轨平铺直叙，从不儿女情长

此刻，它是大地的吉他

它要找回失散的孪生兄弟

旅人寂寞。世界在左手颤抖

吉米·亨德里克斯①唱着永恒的歌谣

当大海从远方站起，为我们护航

这列涂鸦的火车像爱一样勇敢

像爱一样抵达孩子们的天堂

二〇一二年六月五日凌晨，成都诚品上院

---

① 吉米·亨德里克斯（Jimi Hendrix 1942 年 11 月 27 日－1970 年 9 月 18 日），美国著名吉他演奏家、歌手和作曲人，被公认为是摇滚音乐史上最伟大的电吉他演奏者。

温泉

浑身爽如酥，怯病妙如神。

不慕天池鸟，甘做温泉人。

　　　　　　——明·徐霞客《温泉》

秋雨紧锁童年的天空

疲惫的中年，驱车前往

花水湾。那里的温泉

有催人入眠的暖意

沿途，野花一闪而过

两百只蜂箱一闪而过

农舍和田畴一闪而过

排列整齐的山货一闪而过

当年任教的小学一闪而过

只有风清凉地吹送，只有

风景连绵不断，如宽大的睡袍

大地摊开柔软的镜子

对温泉的造访有如一场考古

肌肤对水的考古
中年对童年的考古
爱情对伊甸园的考古

当我们在期待已久的夜色中
用身体打开温泉的门儿
它是一只甜蜜的蜂箱
接纳我们像接纳两只蜜蜂

天空中飘着与苦涩无关的冷雨
如果在冬天，飘着的将是雪花
温泉里没有嬉戏，食色男女
双眼微闭，以冥想的心境
尽享泉水的抚摸

然而，温泉挑逗着我们
带来硫磺和远古的芳香
它是大地的一道闪电
是一腔悲悯，更是一腔
日渐遗忘的激情

温泉从黑暗深处涌流而出

这古老的热泪，持久的温暖

温泉挑逗着我们

有如一张宽大的婚床

一场男欢女爱就要上演

二〇一二年九月二十三日凌晨，成都诚品上院

祖国

今夜，流亡者从异邦归来
亲爱的，你就是我的祖国
我爱属于你的每一寸土地
每一匹高山，每一块丘陵

平原广大，爱情是一把火
让河流燃烧，让高山奔腾
啊，有多少密林让我迷失
有多少沼泽让我难以自拔

亲爱的，你就是我的祖国
让我悲欣交集，一生捍卫

　　二〇一二年九月三十日，中秋，成都诚品上院

山中九行

野花唤醒了黎明

鸟儿的鸣叫比幽静还幽静

枕着一湾溪水，我们

从山中醒来，推窗见景

见银杏，见珙桐，见水杉

见亲爱的高山杜鹃

芦苇在风中摇曳，远山

雾霭缠绵，仿佛见证我们

昨晚的爱情，一世的依恋

二○一二年十月三日，成都诚品上院

八十年代的火车

大佛目送我们离开凌云寺
晨起，鸟声拉开江边的薄雾
记忆中，客车缓缓启动
驶向盛产宣纸的夹江
一段未遂的青春留给了乐山

火车站，候车的旅客
比枇杷的核还少
经不起西昌来的石榴推敲
"好的写作就是将客车
直接停放在轨道上。"
隔着近视镜片，你望着我
维特根斯坦让我有些心不在焉

我们站在月台上，等待
一列火车从昆明方向开来
停放在眼前的轨道上
并将我们稳稳当当地载回成都
绿皮车来了，像一节褪色的
春天，毫不抒情

时间挽着我们跨上车厢

窗外，风景节节败退

八十年代，初恋的宣纸

墨汁尚未点化出山水

你从偏头痛中醒来

火车驶进了成都北站

二〇一三年一月二十二日凌晨，成都诚品上院

地震时代的日常生活

妻一夜间爱上了摄影
但她只是在家里玩玩
她把镜头对准翻开的
书卷和刚买回的靠垫
沙发上狮子在玩绣球
十个美人儿在放风筝
她又把镜头对准花瓶
对准她心爱的绣花鞋
此刻，它们有如两只
爱好和平的信使飞奴
静静地栖息在客厅的
地板上，落日的余晖
不经意间也被她收藏
从此她爱上天空云室
积雨云火烧云地震云
爱上远方变幻的晚霞
我依旧每日净手焚香
读书，吃茶，沉浸于
川红，滇红，信阳红
当我抬头，龙泉山上

一夜桃花落满了山坡

桃花温暖的龙泉山脉

又在酝酿下一场地震

休去理矣！妻的镜头

重又对准一只玉白菜

火车，或甘蔗之歌

告诉我，火车是用来怀旧的
就像甘蔗用来咀嚼，或榨糖
剩下的蔗渣则不妨用来造纸
纸是清白的，却不遗世独立
始终和遗忘保持古老的敌意
一封情书，甚至一份检讨书
都能抵抗遗忘。当大地荒凉
总有一列火车缓缓驶进车站
总有一个月台不是用来赏月
而是用来守候，用来望归人
总有一节车厢有如一节甘蔗
期待中，那可人儿下了火车

二〇一三年五月三日凌晨，成都诚品上院

每一件家具都有一颗灵魂

每一件家具都有一颗灵魂

尤其是旧家具，鸡翅木家具

他目睹了主人太多的沉默

太多的喜怒忧思悲恐惊

可不，此刻我在客厅喝茶

那件鸡翅木博古架又发出了响声

不知是赞叹我喝的茶好

还是要我给他沏一杯同样的茶

和我一道品茗聊天

细说春花秋月，细说

彼此的前世与今生

二〇一三年十月十五日，成都诚品上院

走江湖

——给向以鲜

江西有马祖①，

湖南有石头②，

而我困于都江堰，

如何走江湖？

不如去天师洞③，

银杏树下好打坐。

二〇一三年十一月二日，都江堰

---

① 马祖，即禅宗大师马祖道一。

② 石头，即禅宗大师石头希迁。

③ 青城山天师洞银杏树，相传为东汉张天师亲手种植，至今，树龄已达一千八百岁。

寂寞

我的寂寞是大海的寂寞

当大海起身，邀我来到它的身边

这与生俱来的寂寞

像贝壳、海藻和海星

爬满我的一身

我来到大海身边

春天早已远去，花朵无影无踪

只有远帆归来，只有浪花

骤然开放又凋谢

谁能带走大海

谁能带走我的寂寞

这咸味的下午

我只能带回一只海螺

在我寂寞时，听听大海

二〇一三年十一月十一日，青岛

鸟巢

大巴行驶在齐鲁大地上
从临朐到潍坊，再到青岛
相同的国度，不同的景色
阳光开道。小白杨
像卫兵站列在道路两旁
冬日的蓝天下，它们
充满生机，又不苟言笑
其中几棵白杨怀抱鸟巢
就像我多次梦见的少年
在荒野上奔跑，不停奔跑
他捧着鸟巢，一心寻鸟
白杨远去，冬日里温暖的
鸟巢，迎着鸟儿开放
不像那梦中少年
一次次，竹篮打水一场空

二〇一三年十一月十二日，临朐至青岛途中

关注

我已经关注人类太久
此刻，我要关注大海
关注缘起缘灭的浪花
关注被浪花送上沙滩
的贝壳。海风轻轻吹
这是大海在脱胎换骨
日日新的人类理当向
大海学习。我，不是
人类的粉丝，我乃是
人类中坚定的一分子
我的卑微并不会妨碍
我和大海对话，学习
大海玄奥高深的语言
为此，惯于熬夜的我
决心早起，像迎接那
初恋的人儿，我转身
走向沙滩，走向大海
当大海托起一轮红日
我屏息静气，一颗心
轻轻打开大海的门儿

二〇一三年十一月十三日，青岛机场

八十年代的爱情

这少年思念远方的恋人

一颗心无处安放，永夜难眠

这山中呵气成冰的冬夜

一支蜡烛的温度乃是夜的温度

一支蜡烛支撑的世界

乃是一片温暖的回忆之乡

青春无悔。思念远方恋人的少年

在晨曦中写下这样的谶语——

此刻，谁是我思念的恋人

谁就是蜡烛支撑的回忆之乡

二〇一三年十一月十七日，成都诚品上院

在峨眉大佛禅院

在大佛禅院

用一片菩提叶和你结缘

用十五分钟打坐和你对话

百会打开，太阳穴打开

全身的毛孔打开

向乌龟学习古老的龟息法

气沉丹田，再沉丹田

直沉到文王时代，"吾从周！"

二〇一三年十二月二十一日，峨眉大佛禅院

祝你平安

一九三八年元旦
南京人见面
不说:"新年好!"
而说:"祝你平安!"

二〇一四年一月一日,成都诚品上院

在青岛，用海水给你写信

在青岛，用海水给你写信

用一枚海螺想念你

倾听你梦中的银子和呼吸

梦中的潮起潮落

不要流泪，泪水是对大海

拙劣的模仿

海星熟睡了，月亮的鸟巢

高悬夜空。我爱你凤凰

我爱你梦中的乌鸦

二〇一四年一月七日，成都诚品上院

今夜，请念诵心经

天神提着月亮走过夜空

大海从梦中骤然站起

用澎湃的手采摘星星

他要把星星织成鞭子，抽打火焰

今夜，一万腔海水也浇不熄

五明佛学院的大火

今夜，请念诵金刚七句

念诵大自在祈祷文

念诵心经，加持大火熄灭

今夜，远在天边的上师

沿着大海的肩膀回到故乡

那故乡可以叫高原

也可以叫雄鹰

二〇一四年一月十二日，成都诚品上院

火车站

我对比喻的激情

可能早已被剥夺

————辛波斯卡

火车站就是火车站

它从来都不会只是一座

至少是两座，或三座

甚至更多座。一座孤零零的

火车站，更像是一座博物馆

只能用来怀旧。从前

一个少年在守车上玩耍

在火车站捉迷藏

在汽笛声中长大，他永远向往

另一座火车站

另一座熟悉或陌生的城市

同样，铁轨也永远是对称的

两条平行的铁轨铺向远方

铺在两座或更多座火车站之间

而火车却可以只是一列

但只有在行进中火车才叫火车

静止不动的火车可以是一家餐厅

一家茶馆，一家咖啡馆

一家时髦的按摩店

或任何其他别的东西

就是不能叫作火车

如果一列火车倒退，一直倒退

直到退出记忆

告诉我，它又该叫作什么？

星辰的台阶？风的翅膀？

二〇一四年二月二日凌晨，成都诚品上院

茶山喜雨

——致杜甫

昨夜，春雨巡视茶山
李花开了，杏花开了
黑马泉涨水了。枇杷
进一步加重道德洁癖
穿上了羞涩的纸衣裳
春风打开野花的窗户
也打开采茶女的心扉
茶山上，将一枚新芽
放大成一匹万亩茶山
一匹有待征服的野马
春雷轻响，茶儿发芽
茶山多丽人。谁爱这
新芽，这一匹匹野马
谁就赢得她们的芳心

二〇一四年三月七日，峨眉山

菜花十四行

惊蛰后的第六天，车

行驶在去峨眉山的

高速公路上。轻雷乍响

一片菜花在眼前拔地而起

请克制你的想象力

不要以为这是前卫的

装置艺术，是一块所罗门飞毯

又一次横空出世

不，这是春天的义勇军

世世代代的旗帜

这旗帜迎风招展

所向披靡，克敌制胜

这春天的义勇军替天行道

已在今日黎明起义

二○一四年三月十三日，峨眉山

赠别诗

最美的情诗莫过于赠别诗
古道复长堤，离别多惆怅
暮色中，泪人儿送泪人儿
一步一回头，步步人心碎
这首爱情诗写给峨眉茶山
昨夜，雨水再次巡视茶山
沉睡的茶儿苏醒了，她们
在夜里奔走相告，向春天
举起稚嫩的小旗。晨曦中
我走向她们，每一枚新芽
都是我前世的恋人，今晨
小别，就像小别杏花李花
小别胜新婚。当我再一次
来到茶山，我说我爱你们
苦涩的前世，甘甜的今生

二〇一四年三月十四日，成都诚品上院

灰尘是黑暗的一部分

灰尘是黑暗的一部分

阳光的儿童村，从不

收留灰尘。阳光下

灰尘骤然显影，带着

与生俱来的黑暗的胎记

这黑暗的孤儿，黑暗的碎片

在阳光中飞翔，舞蹈

不，我看到的是挣扎

挣扎的虚无，挣扎的黑暗

直到浪漫的黄昏，仍在空中

飞扬，这垂死的轻盈

这土崩瓦解的黑暗

直到黑夜降临

灰尘回到黑暗自身

回到沉默的大多数

二〇一四年三月二十三日，成都诚品上院

有洁癖的人从不谈恋爱

有洁癖的人从不谈恋爱
如果他恋爱，又声称他
有洁癖，我可以告诉你
他爱的其实就是他自己
他的眼睛蒙着一块红布
从不对你放电，他的嘴
戴着一块白口罩，从不
和你接吻。他的心竖着
一道木栅栏，从不让你
靠近。他怕电把他烧伤
他怕吻把他融化。他怕
你渐渐爱上他，并从此
成为他那洁癖的一部分

二○一四年三月二十五日，成都诚品上院

惊蛰

白雪覆盖的冬天

欠下太多沉默的债务

一个铁匠自告奋勇

前来替她偿还

云端如莲台，他盘腿

坐在一朵云上

屏息，闭目内视

唤醒体内沉睡的炉火

然后起身，甩开膀子

打铁，打铁，打铁

铁砧上没有夺目的

扇形火花，只有沉默

被打破，债务被不断偿还

而在峨眉黑包山

在一声棒喝中

五时茶人为空中的铁匠

准备了一杯惊蛰茶

二〇一四年四月十九日凌晨，峨眉山

媒婆

"唐翔，你怎么把小美拍成了媒婆？"

"是吗？不会吧？"

"怎么不会？照片中的小美

看上去真像媒婆啊！"

"不说不觉得，还果真有点像哈！

平时怎么就没有发现呢？"

"哈哈！你也承认小美

具有做媒婆的潜质！"

静夜里，我反复思考这个问题

其实，每个女人的身体里

都住着一个媒婆

就像住着一个淑女，一个荡妇

一个悲情的贤妻良母

不是唐翔把小美拍成了媒婆

而是他无意间闯入了一个陌生世界

这世界对媒婆的需求多么迫切

看吧，每个中国家庭的电视机里

都住着一个媒婆

可不，昨晚临睡前

我打开电视，冷不防

一个资深媒婆以"非诚勿扰"的名义

又一次骚扰了我

二〇一四年四月二十一日，成都诚品上院

中秋十五行

是谁解除了将军的武装
是明月，还是一树桂花
今夜，公馆如不系之舟
漂浮在桂花迷离的梦中
载我们回到从前。是谁
在公馆种下这满园桂树
这场风花雪月的肇事者
是谁？如今，将军在哪
从前已回不去。去年的
桂花却有了美妙的归宿
她们已制成茶，酿成酒
客人来了，快，拿茶来
拿酒来，还有桂花月饼
月亮也如期而至，且听
姜小姐为我们抚琴一曲

二○一四年九月四日，成都诚品上院

增上慢

你见过秋天吗？睡莲熟睡了，
一片落叶，拨动秋天的琴弦。

你听见一朵花在清晨叹息吗？
亲爱的青春就要向她告别。

那被乡愁一再追逐的燕子，
就要回到温暖的南方。

睡莲读懂了世间法，它已睡去！
燕子读懂了世间法，它已归去！

慢，过慢，增上慢！
而你读懂了秋天吗？

二○一四年九月四日，成都诚品上院

对月亮的猜想

昨夜，我站在窗前

望着夜空发呆

儿子走过来

叫了我一声"爸爸"

便沿着我目光的梯子

独自爬上了月亮

小时候，指着月亮

妈妈常对他讲

嫦娥、吴刚和玉兔

如今，他要去看个究竟

月色苍茫，阿姆斯特朗

早已返回了地球

他在月球上留下的人类足迹

比顽童的涂鸦还浅薄

他打扰了月亮而无愧疚

举头三尺有神明

阿姆斯特朗说，他

在月球上"看见了上帝"

儿子也回到了地球

我问他看见了什么

他缄口不语，良久

抬起头，喃喃自语

明年不去美国了

去法国，住山山叔叔家

他是天主的儿子

他家的鱼缸养着一只月亮

二〇一四年九月十五日，成都诚品上院

遂宁，遂宁

这是完成的宁静
还是宁静的进行式

这观音的故乡
有人却秘酿可人儿私奔

有人掘井三千
捧出内心的盐

有人随遇而安
埋头考证糖的身世

扔掉手中的念珠
有人深谙色即是空

九十九年了，有人忙着清点
蜀地诗人的人数

（如此精兵强将
比水浒英雄还少九人）

谁失踪了，谁在一枚橘子中打坐

为世人奏出一派蜀籁

今夜，月亮喑哑

陈子昂又砸碎一床古琴

二〇一四年九月二十三日，四川遂宁

千叶之外

阳光哺育千山

千山之外，我寻茶而来

黑包山在雨中，在雾中

在白雪的呵护中

什么样的情怀催生了

这儿的五时

雨水、惊蛰、春分、清明、谷雨

什么样的五时

为我们捧出一盏紫笋

陆羽的身世

就是茶的身世

由涩而甘，由生转熟

啊，这火中的禅者，水中的涅槃

昨夜，他合上《茶经》

闭目细数天下的好茶

如韩信点兵，而兵在蜀中

轮回之外，他御风而来

巡视峨眉茶山

而我早已在千叶之外

为他准备一盏

涵养千年的白芽

二〇一四年十一月九日丑时，峨眉茶山

量子时代的苹果

——给姜厚福博士

这只苹果并非伊甸园的苹果
并未教唆蛇诱惑亚当和夏娃
让他们偷吃自己而心生羞耻
由此被逐出伊甸园悔恨一生
这只苹果也从未坠地，从未
在看似不经意中唤醒本来就
醒着的牛顿爵士。这只苹果
和万有引力无关，并未带来
声势浩大的工业革命。这只
苹果不是彰显青春和性感的
牛仔裤，它永远只是它自己
叫苹果，从不叫"苹果牌"

这只苹果和乔布斯没有关系
尽管乔布斯在打坐中闻到了
佛法，内心充满无限的禅意
他的心尚不柔软，依然坚硬
他的苹果看似有个缺，其实
代表了牙齿和野心。不是它
被别人咬了一口，是它随时

想咬别人一口。如是，雄霸
天下，打败所有电脑和手机
这只苹果是古老东方的苹果
中国的苹果，姜博士的苹果
是被权能量子水加持的苹果

这量子时代的苹果没有原罪
无须忏悔，一身轻松。它比
砸醒牛顿的那只苹果更神奇
如果说，乔布斯的苹果无限
接近智慧，那么，这只苹果
更接近善。这只苹果能治病
腰痛、颈椎痛、关节痛……
更能被我们放放心地食用
这只苹果，诠释着食品安全
诠释着健康。这只苹果拒绝
象征和隐喻，拒绝一切修辞
真真切切，普普通通，因为
它原是一只量子时代的苹果

二○一五年一月二十日，成都诚品上院

自然之子

每一只耳朵

都有一颗怀旧之心

我乃自然之子

我又回到最初出发的山村

此刻，山风在我的右耳打坐

清泉在我的左耳作曲

野花多风流，招蜂引蝶

还引来城里女孩子

在它的怀里撒娇

此处遍地好风景啊

此处可以随地小便

二〇一五年一月二十日，成都诚品上院

火刑书

——纪念乔尔丹诺·布鲁诺^①殉难四百一十五周年

昨夜，我又梦见鲜花广场

那儿，罗马的鲜花又一次怒放

仿佛春天格外青睐广场上

竖立的布鲁诺雕像

那雕像永远面朝梵蒂冈

就像海子永远面朝大海

据说，那儿是中世纪与文艺复兴时代

罗马最粗暴、最有生气的地方

雕像在梦中旋转，旋转

瞬间幻化出牛头马面，幻化出

火刑柱与高高耸立的绞架

我在梦中翻了个身，顷刻

鲜花不再是怒放，而是熊熊燃烧

一六〇〇年早春的那场火刑

即将上演。春寒料峭啊——

---

① 意大利思想家、自然科学家、哲学家和文学家乔尔丹诺·布鲁诺（Giordano Bruno，1548–1600），因宣扬"日心说"与宇宙无限，于 1592 年被捕入狱，最后被宗教裁判所判为"异端"，于 1600 年 2 月 17 日在罗马鲜花广场被处以火刑。

寒风就要吹灭这场大火

"火，不能征服我，未来的世界

会知道我的价值。"布鲁诺慷慨陈词

刽子手发抖了，赶紧给他穿上

火的衣裳，用火焰封住

真理的嘴唇；用"地心说"

牢牢锁住"日心说"的喉咙

黑暗的广场上，火光照亮人类的面孔

在蔬菜和鱼类出没的广场

火焰加持了布鲁诺的一世英名

让他成为言论自由的殉道者

让整个意大利蒙羞

由此想来，布鲁诺的异国前辈

阿里斯塔克斯何其幸运

早在公元前三世纪，这位希腊人

就创立了"日心说"宇宙观

只是，他的"渎神之罪"过于超前

而亚里士多德与托勒密的才华

过于耀眼，才逃过一劫

他的学说有如火焰打造的戒指

被扔进无明的大海，直至

哥白尼出现，才将这枚戒指

打捞，戴在人类的无名指上

二〇一五年一月三十日凌晨，成都诚品上院

开裆裤

在那彩云之南，你苦心
建造的房子就要被拆了
有如儿时，你的开裆裤
被妈妈突然用红线缝上
缝即拆！缝上的开裆裤
还叫开裆裤吗？郁闷啊
你在家整整郁闷了三天
我说，云南的云多美呀
你不如就把自己的房子
建在一朵云上。这房子
比任何房车浪漫，任何
坏人也拆不了它。明天
就是情人节，你的房子
一定要飘到成都的上空
拨开雾霾，赶走坏天气
沿着一缕阳光下来看我
并带来幼时那条被妈妈

缝上的开裆裤。亲爱的
你说，开裆裤不是用来
研究的，而是用来怀旧
我爱那纯真年代，我爱
这两小无猜的伟大信物

二〇一五年二月十三日，成都诚品上院

乙未年除夕

多少年了，三十三个书柜
一如既往，坚守在各自的
房间，捍卫着主人的尊严
更捍卫着书的尊严。如今
它们早已和墙壁合二为一
一道统法统异端，各呈异彩
不因辞旧迎新而移情别恋
多少年来，那一册又一册
或精装或平装或线装的书
已让它们安静，坐怀不乱
仿佛拥有法力无边的神器
那些细如黛玉心思的灰尘
再也无法扰乱它们的心智
只有鞭炮蠢蠢欲动，只有
微信中缤纷的红包，仿佛
春天第一场雨，万物静默
此刻，我又沉浸在祝福中
把一句又一句问候，带给
城市，带给每一棵行道树
带给乡村，带给所有已开

和未开的花朵，带给远方

每一座高山，每一条河流

带给血浓于水的果敢同胞

带给每一位熟悉或陌生的

男女，带给所有至爱亲朋

今夜，一个名字在天上飞

我对这残山剩水满怀信心

噫吁哦，羊年至，大吉祥

二〇一五年二月十九至二十日，成都诚品上院

草莓

一

如果不是草莓的到来
大地仍旧在远方流浪
多少次，大地徘徊于海边
并委身于大海
他从不吝啬对海鸥的赞美

二

当大海从打坐中站起
又一次迎接大地
大地回到了阔别已久的故乡
他看见，一百个春天
簇拥着草莓，簇拥着他的新娘

三

请原谅那些花枝招展的少女
她们收获了诗人太多的赞美

这个春天，她们的红唇
又一次抄袭了草莓的鲜艳

四

春天的唱诗班中
草莓有一副天生的好嗓子
她在清晨一遍遍诵读
露珠的圣经，令我动容

五

沿着春风的羊肠小道
去年在郫县，今年又在双流
见到了草莓。当我抬头
迎亲的队伍浩浩荡荡
这春天的新娘就要出嫁
请不要吝啬你的祝福和嫁妆

二〇一五年四月五日，成都诚品上院

天空的考古学

又一次，我在云端漫步
当我俯瞰祖国，一览众山无
长江细若顽童的小便
长城静若熟睡的鞭子
脚下的云朵如伊斯法罕地毯
如我爱人梦中的呼吸

闪电回到故乡，收藏起他的匕首
波音飞机，这人类的飞地
橡皮般从我身边轻轻擦过
那云朵上羞涩的马蹄印
恰似爷爷埋在墙角的地契
又仿佛我少年时写给恋人的情书

怀着古老的心跳，今夜我又重温
那亲昵，那灼热，那两小无猜
如重温插在月球上的小红旗
当我遐想，星辰的翅膀惊醒了狮子
惊醒了"克拉克预言"
一场流星雨如期而至……

二〇一五年五月五日，成都诚品上院

墨蝶

—— 焚书之痛

万物皆有化蝶之美，
比如庄周梦蝶；
比如梁山伯与祝英台；
比如由蝴蝶与飞蛾构成的
纳博科夫偏执的天堂。
而《易经》马上纠正——
"君子慎始，差若毫厘，谬以千里。"
蝴蝶效应，尤让人触目惊心。

诵读声编织每一个清晨，
自幼四书五经就熟读父亲。
他用小鱼让家中的白猫独善其身，
又在钓鱼时和蝴蝶幽会。

阴冷簇拥着一九六八年的黄昏，
他在自家后院，进行了一次
身不由己的化蝶实验。
诗、书、礼、易、春秋……
祖传的线装书被火的行刑队
验明正身。黄昏比冷还冷，

风从左边吹来，父亲泪眼迷蒙，

火光中，他看见墨蝶纷飞……

远处，一场暴雨正列队前来。

二〇一五年五月六日，一稿于成都诚品上院

二〇一五年十月七日，二稿于成都诚品上院

用"带"字造句

——兼赠戴潍娜

"下雨了，别忘了带伞。"
伊再三叮嘱

出门，我把门轻轻带上
带伞如带一小片晴空

我站在楼道等候电梯
以诗会友，带一本诗集有必要

姚月说，环保从步行开始
我的心一阵羞愧

徒步去白夜不知猴年马月
乘公交才是明智之举

途中转了两次车，感受了
雨的不同情怀，先钢琴，后小号
白夜的白，不同于白天的白
灯光刚好适合交谈

石光华、向以鲜、何春、彭志强

大家围着啤酒与可乐谈诗

戴潍娜赠我《面盾》

我赠她《下午的瓷》

纸上的瓷并不能承接雨水

却能盛下关于雨水的记忆

面盾并不能提防暗箭

或许能抵抗遗忘

时光团结在一把伞下

两本诗集带着油墨的芳香

多年后，想起今晚的聚会

晴空夹带着雨的记忆

二〇一五年五月八日，成都诚品上院

祈祷书

——给 YE

时光在摇篮上晃动

我祈求，暴雨来临前

乌云，这水墨的孪生兄弟

收藏她第一根白发，就像

收藏天鹅的羽毛

众星围着狮子座舞蹈，我祈求

星辰归还她唇上的美人痣

也归还我的朝思与暮想

海岸线展开时光的秘密

童年，凝视着我们

我祈求，第五日的海风

梳理鸥鸟的翅膀

也梳理她南方的发辫

梳理我的一颗蜀国遗民之心

送来彩云裁剪的花衣裳

唤她回到青涩的八十年代

那时，雪山也在远方祈求

南窗摊开天空和书卷

蓦然抬头，阳光在布濮水里

嬉戏，她举着童真与荷叶奔跑

蝴蝶追逐着她的花裙

黄昏的炊烟抚慰着乡愁

我祈求，乌托邦升起

并邀她到最高的一只鸟巢打坐

二〇一五年七月二十三日，二稿于成都诚品上院

狮子座之心

——纪念雪莱诞辰二百二十三周年

成都的天空下着小雨，此时

如果我们去罗马，首先会到

那块僻静的"新教徒墓地"

在你的墓前献上一束中国玫瑰

一如你生前希望的，让鲜花

在你身上继续生长，点燃

大理石的火焰，点燃那颗

高贵的众心之心（COR CORDIUM）

时光流淌着静谧与圣洁

那里不是天堂，却将尘世

抬高了一寸，仿佛踮起脚尖

就能够着天堂

即使在冬天，也簇拥着

红唇绽放的雏菊、寂静的罂粟

虞美人、露珠亲吻的紫罗兰……

那些石头上、方尖碑上、花岗石岩柱上

早已刻满了罗马人的光荣

而你亲手建造的"唐璜"号小船

在那里常常溅起大海的涛声

当金星逆行回到狮子座

我们，一对异国的狮子座情侣

来到对你同样是异国的罗马

看望你，英国的云雀

英国的第一位狮子座诗人

我们的年龄已大于你在世的年龄

但你依然是我们的长辈

我们和你一样热爱莎翁

远处，塞斯蒂乌斯金字塔

在荣耀和流逝的岁月中低语

此刻，我们站在你的墓前

吟诵墓碑上的铭文——

那出自莎士比亚《暴风雨》的诗句：

他的一切都没有消失

只是经历了海的变迁

已变得富丽而又神奇

二〇一五年八月五日，成都诚品上院

水面之书

八月邀我来到江边。垂柳
轻拂水面。其中几片枯叶
因为饥渴，竟与江水那般缠绵
知了的唱诗班把教堂搬到了树上
晌午时分，一个个扯开嗓子——
"神啊！我的心切慕你，
如鹿切慕溪水。"

天籁让一片水域辽阔

又一次，耶稣在赞美诗中复活
我却想打盹，在寂静中
细数流年和星辰
一个少年唤醒了我
要我听他讲述前尘旧事
他用手击伤四个水面，并把浪花
拧成皮鞭，抽打虚无
他的前生一直在水面上打坐
达摩也模仿了他，断芦为舟
贴着水面来到东土大唐

带来佛法与世世代代的光头

星空直接模仿了水面，一条河

隔开了牛郎与织女

当我醒来，渭水之上

不再有人念念有词——

"负命者，上钩来！"

江水的耳边不再有人浩叹——

"逝者如斯！"

神谕之骨不再面对历

最后的贞人，上天谦卑的书记员

少年停止讲述，水面如镜

将一轮明月搂在了怀中

二〇一五年八月二十八日，成都诚品上院

九月之书

我要赶在天亮前，问候草尖上

第一滴露珠，问候那打盹的守门人

我要凭借古老的炼金术

从星光中提取晨曦，池塘

如黎明之眼，睡莲绽放

我走在街上，每一株植物都在祝福

三角梅穿上了嫁衣

仿佛神在叮嘱它们开放

一排美国紫薇，如不穿燕尾服的

山姆大叔，让这座城市的植物

第一次盛开火炬。一个少年

停下银色电瓶车，这过于英俊的海娃

要把新时代的鸡毛信送遍全城

而杜甫草堂的紫薇

永远像杜甫一样清瘦

我走在街上，一位园丁

埋首花丛，他要把绿化带

裁成一片又一片云，并用他

树枝一样粗糙的手

清理叶片上的前世与灰尘

一位少女频频向他转身

一只蝴蝶在她的发辫上打坐

他的身旁，行道树在忙着搭建云梯

仿佛要把城市送上天空

不远处，几个民工在拆除

一幢老建筑，挥舞的榔头

惊醒了闪电，升高了教堂钟声的

音阶，几片鸽子的羽毛

让他们放慢了动作

这即将腾出的土地

将长出高楼，还是一片

会呼吸的息壤

如果可能，我就做这片绿地的仆人

洒水车缓缓驶来，如福音

但愿这例行公事的施洗约翰

让九月的每一天明亮

二〇一五年九月一日，成都诚品上院

屋顶上的星辰

天空并不高于他的存在

电梯如云梯，他从六楼来到

十八楼的屋顶，今夜

他试图离星空近些，再近些

他要以风水和罗盘开道

把吹过的每一阵风拧成绳梯

他要站得更高，用姓名学激活

满天的星斗。当狮子被驯服

白羊失去往日的纯真

他要重新命名黄道十二宫

并收养这些宇宙的孤儿

而小区的墙根处，一只在夏天

团结紧张，如今常常失眠的

蚂蚁，在秋风的冷里

仰望屋顶如仰望苍穹

仰望他，如仰望遥远的星辰

二〇一五年九月十九日，成都诚品上院

一阵风

一个人在小区的长椅上发呆
一阵风吹过，带来几片落叶
而在细腻、辽阔的八十年代
它会从远方捎来一封信

二〇一五年九月三十日，成都诚品上院

花儿们集合在故乡的天空下

知道我要重返故乡，花儿们

跑步集合在故乡的天空下

此刻，她们安安静静地

簇拥在花园里，我要检阅她们

栀子花报出了一

三角梅报出了二

米兰花报出了三

使君子花报出了四

诺瓦利斯月季报出了五

一朵不知名的花报出了六

亲爱的，你隐身于她们中间

报出了九……

　　　　　　　　二〇一五年十月二日，成都诚品上院

第二辑

二〇〇〇年代诗选

夏日小景

一只蝉被命运打翻在地
又被一只小小的手扶上树梢

一只苍蝇远离腥臭
在茶杯里游泳，危在旦夕

一只猫在屋顶上散步
一只蚂蚁在沙砾中狂奔

一只情人鸟七上八下
鸟笼分割了它的爱情和天空

一棵榖树枝繁叶茂
上面爬满了阳光和毛毛虫
一个婴儿从饥饿中醒来
两眼迷离，寻找着母亲的乳头

一个收荒匠在路边打盹
他的夏天，他的空酒瓶

二〇〇〇年七月三十一日，成都中央花园

箱根温泉里的一枚鸡蛋

那少女有如我怀中的一枚鸡蛋

一面镜子对于她过于艰深

一颗葡萄对于她过于甜蜜

她未经世事，但已然成熟

"一切都太快，来不及思考。"

那夏天，那男孩，节日般在胸前绽放的花朵

那童年，那泡泡糖，那听从天堂召唤的

——母亲、外婆和外公

二〇〇〇年十月三十日，成都中央花园

十二月

　　——为三位相继辞世的老人而作

星光沐浴着一九九九年的大地

十二月，三块石头沉入深渊

三堆草垛被远方点燃

泪水冲刷着道路、天空

十二月，一切疾病皆是不治之症

孩子尚未出生，老人一再离去

幽灵在云端窃窃私语

十二月，鲜花点缀着灵堂

红烛昼夜燃烧，拒绝爱情

一群蝙蝠砸向黄昏

十二月，坏孩子沿街撒野

死神专门钟情于老人

所有的消息都是坏消息

十二月，耶稣一再降生

而苦难依旧在大地上运行

　　　　二〇〇一年一月二十五日，成都中央花园

童年（组诗选章）

真理是从婴儿以及那些乳臭未干的儿童的嘴里讲出来的，他们最接近自然，他们是风与大海的兄弟。他们结结巴巴的话语，能给那些善于领会的人以巨大而又模糊的教益。

——让－保尔·萨特

下午的回形针

整个下午，我八个月的儿子
都在把玩回形针

他不会走路，坐在学步车里
稚嫩的表情专注、认真

小小的银色的回形针
细心地别着冬日的阳光

——这梦寐以求的老古董
"小小的回形针是否能别住童年？"

我在远处打量着儿子，打量着

这个与回形针有关的下午

学步车滑向黄昏。小小的回形针

有一种力量在把它拉直?

二○○○年十一月十二日，成都中央花园

小的，更小的

给他皮球，玩了一会儿

就扔了；给他印有胖娃娃的

彩色盒子，玩了一会儿

又扔了。他总是钟情于那些

小的，不起眼的——

一枚纽扣，一颗花生，一块色子

蜘蛛在屋檐纺织

蚂蚁在墙角搬运骨头

也许在他眼里世界就是小的

小就是大，芝麻就是西瓜

童年并非不可理喻

哪里有游戏，哪里就有童年

鸟儿在枝头上蹿下跳

河流把天空揽在怀中

孩子在撒娇，嚷着要骑马马

玩耍高于一切，看吧

线团愈滚愈小。他亲手捣毁了

积木搭起的楼房

幸福的童年。让我们说——

我们要小的，更小的

食物

"一九六一年的那只蝴蝶仍在尖叫。"

爷爷在云端说。孩子在吃早餐

他从牛奶中品尝出饥饿的味道

孩子在客厅、书房、卧室中爬行

把小小的身躯挪向房间的每一个角落

"爬得真快！"他满头是汗，两手脏脏

活动停了下来。啊，他饿了！

饿了的孩子才是乖孩子

"我们中有谁能抵挡食物的诱惑？"

鸡蛋、蔬菜、水果、肉末粥……

食物是童年最美的一道风景

孩子并不知晓。自己能吃，大人有多高兴

"下午，邻居家的小狗吞食了三只丝袜。"

"快来吃饭！"孩子从阳台歪歪扭扭走向餐桌

夕阳像一束麦穗打在他的脸上

童年记事：汗水

天上的太阳是不是同一颗太阳

窗外的阳光为什么比童年更酷烈

趁午睡的儿子尚未醒来

我把目光移向窗外——

草丛中翻飞的蝴蝶已不见踪影

树干上，知了已倦于歌唱

（它的聒噪让人怀念

在这万物昏沉的正午）

如今，我已疏于在太阳下游戏和劳动

多少次，在成都街头漫步，一站

或两站，短短的路程让我汗流满面

（我们的身体是否愈来愈不洁、卑污？）

而童年的汗水流得更多

穷人的孩子早当家。当我从劳动中

抬起头来，额头的汗珠群星般闪烁

劳动收获了多少酣畅淋漓的硕果

这样的汗水包围了中国的乡村

童年乐在其中，清贫而富有

铁环和陀螺，香烟盒和小人书

劳动的童年同时也是游戏的童年

广大的天空下，孩子们在追逐、玩耍

游戏带来了多么纯洁的汗水

啊，那节日般的循环小数

照亮了多少个童年的下午

飞机·月亮

一个声音抓住了他

他抬头，看见了月亮

"大……大……"他脱口而出

胖乎乎的小手指着夜空

"月亮！"我抱紧他前倾的身子

"上面住着外婆和外公。"

羞愧的飞机躲进了云层

今夜，它将拥有怎样的航线

一场雨下了七天七夜，在黄昏

戛然而止。月亮像白骨

漂浮在针尖般的凉意中，它的清辉

呵护过纽约世贸大厦，呵护过

所有的飞机，以及
那些死难者和他们的家属

天庭中，守口如瓶的月亮
无数次照见他的前生

二○○一年九月二十三日，成都中央花园

老照片

所有的照片都是老照片
相纸发黄，时间留下隐秘的
痕迹，照片中的我会死亡
怀中熟睡的儿子会醒来，并长大成人
（昨天，他刚满周岁）
个头超过我，四肢粗枝大叶
巴掌刮在仇人的脸上生疼
（出手的刹那，他就后悔了——
"父亲告诫我要善待别人"）
他的一生会有漫长的一天

漫长的下午，手捧旧照片

想起另一个日影斑驳的下午

曾在我怀中幸福地熟睡

二〇〇一年四月十二日，成都中央花园

风

大群大群的鸟逃离树梢

一阵风把一群孩子吹进了医院

候诊室挤满了焦急的父母

而更多的孩子仍在风中

衣衫单薄，小脸蛋通红

在我楼下的草坪上

四月的风吹乱了我儿子的头发

他眯缝着小眼睛

胖乎乎的小手在空中挥舞

风带给他从未有过的快乐

在市中心，风的暴政

把一棵百年古木连根拔起

又将一块巨大的广告牌打翻在地

当然，这并不构成事件

因为没有一个行人砸伤或砸死

二〇〇一年四月十三日，成都中央花园

阳光

寂静的上午，靠近阳台的凉席上

堆满了节日般的玩具

啊，一切都是玩具：镜子、空药瓶、拨浪鼓……

还有阳光？早已洒满贫穷的屋顶

此刻，最温暖的一束借助我的手

推开了铝合金落地门窗

我未满周岁的儿子手舞足蹈

像天使，更像一只小狗狗

扑向阳光，扑向阳光中舞蹈的灰尘
那些玩具像骨头一样被晾在了一旁

多少次，他试图站起来，站起来
试图把阳光拧成一根金箍棒

他正在学走路，经常跌倒
"快，爬起来，用金箍棒痛打妖精。"

二○○一年五月一日，成都中央花园

涂鸦的太阳

谁提着这盏灯从天空中匆匆走过
带走了我们的白天
谁将它再次点亮，高高地
挂在我们的头顶

多少次，你用蜡笔涂鸦
在纸上，在地上，在墙上

画下它扎人的胡须

画下它粗线条的光芒

红色，黄色，哪里有涂鸦

哪里就有快乐的童年

二〇〇三年十月二十五日，成都中央花园

雨打芭蕉

一个孩子在芭蕉树下躲雨

雨点打在芭蕉叶上

这天然的打击乐令他欢喜

芭蕉叶阔大，宽厚

有如大地的仁慈

有如父母的关爱无微不至

这是夏日黄昏清凉的景象

雨点打在芭蕉叶上

芭蕉树下，一个孩子手舞足蹈

二〇〇三年十二月十二日，成都中央花园

听小儿讲故事

我们的良心不是你们的良心！

算了吧！——何苦呢！——把一切忘却，

孩子们，自己去创作自己的故事——

写自己的激情，写自己的岁月。

　　　　　　　——茨维塔耶娃《给儿子的诗》

爸爸坐在爸爸的位子上

妈妈坐在妈妈的位子上

别说话，认真听

现在，我开始讲故事：

从前……哦，不是从前

不是"三个和尚挑水吃"

不是"白雪公主和七个矮人"

不是"哪吒闹海"，不是"葫芦兄弟"

我讲的是现在

我要把妈妈买回来的萝卜

栽在阳台上的花盆里

每天给它浇水，看着它长大

长得像地球那么大

全世界的人都笑嘻嘻地来吃

生吃，你一口，我一口

这只萝卜营养丰富

二〇〇五年一月二十三日，成都中央花园

男低音

向露珠呵护的黎明低语

向白昼低语，向黄昏低语

向童贞一样需要捍卫的夜晚低语

向铿锵的稻草人低语

向丰收后寂静的田野低语

向炉火低语，向灰烬低语

向冬天的第一场雪低语

向遥远的星辰低语

向广大的内心低语。雨季来临前

向你眼睛里的晴空低语

向失败的爱情低语

向伤口上的月亮低语

向黄叶簇拥的秋天低语

向草丛中的蚂蚁低语

向忙碌的中年低语

今夜，月光照在床前

向睡梦中的小儿低语

花朵与果实（四首）

在龙泉

在龙泉，春天又一次
被桃花劫持
每一朵桃花囚着一个
小小的春天

当花瓣凋谢
春天并未零落为泥
而是隐秘地走向了果实

在龙泉
春天不叫春天
叫桃花

蟠桃

什么样的仙果被贬下了凡间
这小小的甜蜜的罗盘

指明了夏天的道路

它通往西王母的花园

又蜿蜒通向柏合镇的果园

那儿，梨风吹动游人的肺叶

谦卑的桃树枝上，一张张报纸

隐瞒了蟠桃的芳容

而雨水早已将报上的新闻

淋成旧闻，并恰到好处地

掀起报纸的一角

不经意间泄露了长寿的秘密

以及蟠桃的一小段艳史

当我从惊鸿一瞥中抬起头

一只白鹤正从远处衔来云朵

二〇〇一年七月三十一日，成都中央花园

桃花十四行

"是谁将春天许配给人间？"

当我想到桃花

这样的句子便跃然纸上

"桃之夭夭，灼灼其华。"

通往《诗经》的路就是通往桃花的路

通往龙泉的路

龙泉的桃花就是《诗经》中的桃花

川西平原盛大辽阔

三月，菜花揭竿而起

热烈的田野，忙碌的蜜蜂

更热烈的是桃花

更忙碌的是赏花人

当神话成为远逝的背影

晋希夭的桃林就是夸父的桃林

二〇〇三年三月五日，成都中央花园

桃花

这春天的初潮，性已苏醒

木生火啊，这属木的春天

诗经的山坡上，桃花泛滥

桃花点燃了每个人的欲望

待到五月，桃子满山遍野

我爱桃花，更是那摘桃人

无题

一下子就闲了下来

整个上午摆在我的面前
整个下午摆在我的面前
整个夜晚摆在我的面前

整个一生摆在我的面前

二〇〇三年五月五日，成都中央花园

留下残荷听雨声

当人生的秋天在八月降临

大地并没有为我准备盛大的丰收

甚至一台小小的筵席

如果把自己比作一棵树

在我那生长了四十年的枝头上

早已结出了果实，但

它们依然青涩，并未成熟

留下残荷听雨声

这是唐诗和宋词的意境

这是人到中年的意境

当荷花凋谢，丰收后寂静的大地

为我准备了一池残荷

聆听风声和雨声

在充满困惑的人生的秋天

二○○三年八月十日，成都中央花园

一个村庄的中心

一棵老榕树是一个村庄的中心
一座教堂是另一个村庄的中心

一个男孩在老榕树下观察蚂蚁
一个老人在教堂里祷告

蚂蚁沿着树梢爬上了天空
一卷经书温暖了老人的晚年

二○○三年十月二十一日，成都中央花园

去江油

大雾深锁道路
我动身去江油

慢，悠长的平安
下午从成都出发，晚上抵达

雾中的车辆缀成念珠
沿途没有风景，只有耐心

十四年前，我只知道
江油是李白的出生地

如今，故地重游
我知道它还是你清凉的故乡

二〇〇三年十二月二十四日，平安夜，于四川江油

安宁

闹钟的"滴答"声

诉说着安宁

远处的火车声

诉说着安宁

熟睡中妻子的鼾声

小儿红扑扑的脸蛋

诉说着安宁

我在冬夜写下的诗句

诉说着安宁

停电后点亮的蜡烛

诉说着安宁

这光明太短暂，这黑暗太长久

我的真身在永恒的泪水中

祈求着安宁

二〇〇三年十二月三十日凌晨，成都中央花园

脱口而出的故乡

故乡并未在各处沦陷

此刻，她就在我的血液里

在我脱口而出的方言中

当我隔着两杯峨眉毛峰

对你说："我爱你！"

我同时说出了故乡的天空

山峦、田野和流水

甚至，还说出了老屋前那棵

枝繁叶茂的构树

夏天，浓荫里清凉的蝉鸣

循指见月，方言即故乡

将我的每一句话放大

都是一张故乡的版图

如鲠在喉的故乡

深思熟虑，或脱口而出

二〇〇四年九月五日凌晨两点，成都中央花园

二月春风似剪刀

去年的燕子又回到屋檐下

二月春风似剪刀

剪开了冰封的河流

剪绿了太湖岸边的杨柳枝

垂柳依依，少女的愁思

剪不断，理还乱

数峰清苦，她的爱情在远方

烟雨迷蒙的江南

她把故乡认作他乡

把方言讲成了普通话

二〇〇四年十一月十五日，成都中央花园

十一月二十五日的深夜新闻

落叶在寒风中流浪

寻找着可能的归宿

温暖的茶坊里

于光明老人操着方言

面容羞涩，吐出自己的心声

"电视机前的观众帮帮忙

我好想找个老伴

结束自己六十二年的

光棍生涯"

这位隐忍厚道的侏儒

从乡下来到城里

这些年，在茶坊擦皮鞋

积攒了一些钱

二〇〇四年十一月二十六日，成都中央花园

冬至

一

小关庙沸腾了
满街都在挂羊头卖羊肉
食客们大呼过瘾，多么货真价实

羊绒衫温暖了整个冬天
为什么还要张灯结彩
让这一天成为羊的祭日

二

天上的羊群悠然吃着青草
冬天是一场漫长的盛宴
大地上，温顺的羊在劫难逃

三

天使就是插上翅膀的羊

二○○四年十二月二十一日，成都中央花园

秘密

我是我的泡菜，我的煤油灯，我屁股上的补丁
清贫说出了童年的秘密

我是我的山峦，我的流水，我的星辰和日月
露水说出了黎明的秘密

我是我的情书，我的失恋，我的单相思
失眠说出了爱情的秘密

我是我的田野，我的锄头，我的芒种和冬至
炊烟说出了村庄的秘密

我是我的镜子，我的灰尘，我的虚无
命运说出了命运的秘密

二〇〇四年十二月二十五日，成都中央花园

松木梯子

"月亮挂在树梢……"

这乡愁的果实

今夜，熟透了

这老掉牙的诗句

为我搭好松木梯子

独自披衣上屋顶

这呵气成冰的冬夜

乡愁也不胜寒吧

当我抬头

月亮闪进云层

松木梯子已然走失

二○○五年二月四日，成都中央花园

126

寻人启事

今夜，祖国在我的梦中

走失，在锦江的梦中

走失的是"万里号"游艇

此刻，它泊在江边

宿命地望着自己永无航程的未来

我在七楼的茶坊小憩

左边"斗地主"，右边"争上游"

而舷窗含着万家灯火

盏盏都是孤儿

就要在鸡鸣中走失

二〇〇五年二月五日，成都中央花园

童年的那场雪仗

积雪盈尺？啊，雪

千呼万唤下起来

整整一天，大街上

仍渺无痕迹

这该死的热岛效应

让一腔期盼落了个空

不如去幸福梅林踏雪寻春

窗含西岭千秋雪。不如去

老杜吟哦的西岭雪山

一任雪撬滑向童年——

啊，童年的那场雪仗

至今尚未打完

童年的那场雪仗

叩响了春天的弦脉

二○○五年二月二十一日，成都中央花园

绵阳，绵阳

——给杨晓芸

一下车，绵阳便假借你的手

握住了我

"天下没有不散的筵席。"

有人专为散席而来

小虚无接踵而至

啤酒又斟满了，泛着泡沫

别急，慢慢喝

我要喝下绵阳

春风也喝醉了

青草爬上了星空

凉爬上了脊背

月亮被李白已写得发白

我要喝下绵阳

我的绵阳不叫雨田，叫晓芸

二〇〇五年五月十五日，成都中央花园

艳阳天·客家人

——给国画家张阅

这是十月的第七日

这是后羿允诺的艳阳天

大假返城的人

放下了行囊

星期五不再漂泊

落叶回到树根，众鸟也归林

此刻，谁在他乡

谁就是客家人

我，南北，刘成英

还有妙龄的王瑾

青春作伴去龙泉

驿马河畔，你为一幅长卷

摆下了盛宴

也不言绘画的甘苦——

那神圣的涂鸦

满院子的阳光和感恩

上午品茶，下午又接着品

世界认养了他的孤儿

哪里有漂泊者，迁徙者？

瞧，他们径直走上那幅宣纸

成全了《客家迁徙填川行胜图》

成全了你的一世英名

二〇〇五年十月十一日，成都中央花园

抛砖引玉

一块砖头抛向水中

接着，又一块砖头

但并没有引出想象中的玉

反而打扰了可能上钩的鱼儿

它溅起的浪花却美不胜收

那惊鸿我有幸目睹

二〇〇五年十月十一日，成都中央花园

星期一去上班

星期一去上班
出门看天，云在云上

红灯停，绿灯行
公交车不疾也不慢

车过清水河大桥
侧身望去，水在水中

坐在四楼的办公室
拆信件。接电话。上网

一万条信息道出人世的杂
一杯茶喝出一生的小

二〇〇五年十月二十一日，成都中央花园

高山流水

但识琴中趣，
何劳弦上音。
　　　　——《晋书·隐逸列传》

一

把流水融入《流水》
把高山融入《高山》
你终日抚琴
抱琴而眠

二

把《流水》还给流水
把《高山》还给高山
你弃琴而去
遁迹江湖

　　　　二〇〇五年十月三十一日，成都中央花园

人与车

这城市居住着两种兽

一个叫人，一个叫车

所有的天桥因它们而修建

所有的街道因它们而拓展

有时，人在车的身体里

有时，又与车擦肩而行

相安无事，又短兵相接

从前，人是城市的主人

如今，城市服从了

车的钢铁意志

二〇〇五年十一月十四日，成都中央花园

直呼其名吧，泪水

各种物质会聚成一种水，犹如我脸颊上流淌的泪。

——克洛代尔《认识东方》

新世纪到来的前夜

父亲离去了，那么匆忙

甚至没有留下一句遗言

早年，他投笔从戎

一生坎坷，两袖清风

没有爱情，清贫和疾病

是他惟一的伴侣

我两眼迷蒙，望着墓碑

直呼其名吧，泪水

众多的提前量推迟了你的到来

世界乍暖还寒，我的儿子

一个初春的下午

我和你窄路相逢

你的前方有死者开道

他们是你的亲人

我悲欣交集，抱着你

像抱着我的前世与来生

直呼其名吧，泪水

我们是天上的人呀

在天上，隔着处女座苦苦守望

今生沦落凡间就为了爱情

当我从人群中，提着月亮

走向你，并向你说出我们的暗号

你心有灵犀，又无动于衷

你忘了，我们是天上的人呀

你的身影渐行渐远

直呼其名吧，泪水

二○○五年十二月三十日，成都中央花园

无辜的嗅觉

她在燃灯寺上了八路公交车

像一阵风，她带来另一种空气

另一片嗅觉的风景

空气在流通，风景徐徐展开

她的气息和车厢里的气息

纠缠在了一起

它们在争吵？在谈判？在妥协？

车厢里的气息占了上风？

她的气息占了上风？

我坐在她的身边

在这场看不见的斗争中

我的嗅觉多么无辜

二〇〇五年十二月二十九日，成都中央花园

记忆中的死者

今夜，我又想起了他

一个熟悉的陌生人

每次想起都毫无来由

这一次也不例外

隐匿于时间的幽暗之中

他的面容早已模糊

我只知道他的名字

他叫叶福明，刚刚结婚

比现在的我要年轻许多

当时我还是个六七岁的孩子

他死于一次意外

一天傍晚去钓鱼

就再也没有回来

人们打捞起他时

他已全身浮肿，嘴唇

被螃蟹咬了一小块

过后，我和一位要好的伙伴

又去过一次现场

那是一个洄水沱

水流并不湍急

看上去甚至还有些温柔

我对那吃人的水充满了恐惧

因为他的离去

死亡第一次闯入我的生活

第一次听到哀乐

第一次看到花圈和挽联

晚上去厂区的公厕

也要绕道而行

如今，我已人到中年

原谅我的冷漠，我总觉得

他死于水，比现在死于车祸

死于矿难的人，要幸运许多

二〇〇五年十二月二十四日，成都中央花园

今夜，月亮像一只蜗牛……

今夜，月亮像一只蜗牛

爬上了天空

一个小男孩把他的鼻子

贴在窗玻璃上，对着月亮

不停地做着鬼脸

顽皮的天性暴露无遗

今夜，他的爸爸妈妈

一个沉迷于斗地主

一个醉心于肥皂剧

他们不跟他玩，不跟他讲故事

他们像报废的玩具

被他扔在了一旁

今夜，他和自己相处

他也是一件玩具

上足了发条，他要沿着

蜗牛的银迹，爬上月亮

在月亮上尽情地荡秋千

将童年的这场盛宴进行到天明

二〇〇六年五月二十三日，成都中央花园

"南孚"与"双狮"

一场大雨把儿子安置在家中

他坐在电视机前，看了两个钟头的

动画片，规规矩矩的样子

看上去多么少年老成

让人疑心他的实际年龄

（上月，他刚满六岁）

很快地，他又恢复了顽皮的天性

两个钟头的静，上足了他的发条

他上蹿下跳，翻箱倒柜

客厅、书房、卧室……到处是他的玩具

那场面从任何角度望去

都像是极需打扫的战场

终于，他从玩具中挑出两辆小车

一辆宝马，一辆法拉利

电子合成的音乐响起

借助三只"南孚"电池

黄色的宝马缓缓开动

这让腹中空空的法拉利多么嫉妒

很快，儿子从小区的杂货店

买回两只"双狮"

因为廉价，我奖励了他一支雪糕

儿子迫不及待

把"双狮"填进法拉利的肚子

也许，求胜的愿望过于迫切

法拉利满怀激情，却纹丝不动

"爸爸，它肚子里的电池好烫！"

儿子的话让我大吃一惊

我不由分说换上"南孚"

冷不防，法拉利

射向了阳台的那扇落地窗户

二〇〇六年七月十七日凌晨，成都中央花园

在路上

人生蜿蜒如道路

风景是途中恰到好处的点缀

是酷暑中的一场及时雨

都在路上啊——

有人坐着奥拓

有人开着奔驰

有人骑着自行车

我乃徒步之人，脚踏实地

他童心来复

硬要学张果老倒骑毛驴

一番怎样的风景

行到半路，哈哈，你干脆不走了

数峰清苦，坐看云起时

二○○六年八月三日，成都中央花园

历

中、宾、允、品、宫、争

我亲爱的同道

如今，你们在哪里？

以天干命名的君王

如今，你们在哪里？

好一个泱泱大国呀

就我一人贞卜问命

终日面对神谕之骨

我，上天谦卑的书记员

商王朝最孤独的贞人

二〇〇六年八月八日，成都中央花园

妇好

《史记》中没有关于我的记载

男人书写的历史岂有我的容身之地

我，完美的王后，持钺的将军

赢得了国王的爱情

也赢得了西北边陲的伟大战争

"国之大事，在祀与戎。"

我，南征北战，参政议政

巾帼不让须眉

我的一生功勋卓著，被好事的工匠

刻在甲骨上、玉器上、青铜器上

（莫非他们也想借这些器物名垂青史？）

而在战场上，我的芳名令敌人闻风丧胆

是另一个名叫郑振香的女人

在"妇女能顶半边天"的时代

把我从历史的厚土中发掘了出来

哈哈，这真是老天的刻意安排

二〇〇六年八月八日，成都中央花园

146

我还在继续写诗

在一阵咳嗽声中

我写下这个标题

是的，我还在继续写诗

写，慢慢地写，像一只蜗牛

今夜，月亮是一段蜗牛的银迹

散发出宁静的清辉

我要写的诗就如同这月亮

清凉、干净。啊，冷

月亮是一小段冷

如同我的诗节制又节制

这世界已够纷繁复杂

我又何必锦上添花

简单，再简单，我的诗啊

你要像桌上的这杯白开水

没有味道，却能解渴

在一阵咳嗽声中

我写下这些句子

我要写的诗就是这杯白开水

二〇〇六年十二月六日，成都中央花园

病中偶得

熬了一个通宵，又一个通宵

哎，感冒找上门来了

扁桃发炎，疼痛

接着是咳嗽，不停地咳嗽

大珠小珠落玉盘

中药、西药轮番上阵

抗生素也见缝插针，派上了用场

身体里的千军万马在酣战

杀敌三千自损八百

一位大师说："你想病，你就病。"

对此，我深信不疑

但我想好啊，为什么不见好？

窗外，月亮已不见踪影

莫非它也偶染小疾

哎，咳嗽，又一阵咳嗽

抱着生病的身体直到天明

二〇〇六年十二月八日，成都中央花园

伏虎寺一日

不是我，是风
是风翻开发黄的书卷
是风在朗读
我只是在静静倾听

不是我，是风
是风带走所有落叶
扫帚不到灰尘自行走掉
留下这清洁的庭院
我坐在庭前品茶

茶已凉，秋天深了
一场大雪就要降临

二〇〇六年十二月二十二日，成都中央花园

平乐二题

河灯·孔明灯

今夜无战事，河滩静若处子
乐善桥梦见如水的真身

老榕树自大梦中醒来
引领一群人来到河滩

"每个人都许一个愿吧！"
镇长提醒大家

河灯放进河里
孔明灯升上空中

"愿商尔平安快乐！"
我在心里祈祷

"愿世界和平！"
小柏慢许下他的心愿

在平乐，大人的愿望小如芝麻

孩子的愿望大如西瓜

二〇〇六年十二月二十八日，成都中央花园

乐，平乐的乐

"平乐，我们来了！"

人群中有人脱口而出

白沫江听见，乐善桥听见

银家大院听见

江边的老榕树听见

青石铺就的长庆街、福惠街听见

"平乐，我们来了！"

都市多喧嚣，古镇好宁静

我们来了，我们来赴

迟到的约会

白沫江的沙滩上

有我们遗落的童年

有一天，蹦蹦跳跳的儿子
指着"乐"字，问我怎样念
我告诉他，这是一个多音字
乐，音乐的乐；乐，平乐的乐
儿子缠着我：爸爸
这个周末带我去平乐

二〇〇六年十二月二十九日，成都中央花园

我又一次写到麻雀

我又一次写到麻雀

窗外，高大的桉树伐倒了

它们过于整齐的伤口

至今让我隐隐作痛

如今，一小片森林变成了

一大片荒地

但麻雀们依旧要来

仿佛这儿才是它们的故乡

今天早晨，薄雾刚刚撤退

一群麻雀便来到了这里

一只小狗沿着墙根追逐着它们

麻雀并不惊惶

只是悠闲地栖息在墙头

一会儿，又齐刷刷地飞向荒地

小狗又上前追逐，嬉戏

麻雀再次飞上墙头

如此欢乐的场景

不知屠格涅夫会作何感想

眼前的这只小狗

会是他的特列左尔①转世吗?

我又一次写到麻雀

时光倒流，那只一百三十年前的麻雀啊

它博大的母爱感动了伊万

也感动了猎狗和上苍

二〇〇七年一月二十五日，成都中央花园

---

① 特列左尔，屠格涅夫的一只心爱的猎狗。

火车，火车

火车启动了
就要在两条平行的铁轨上
两个遥远的站台间飞奔

火车启动了
什么样的勇气让它开始叙述
什么样的意志让它停顿下来

火车启动了。站台
一个站台泪眼迷离
一个站台望眼欲穿

二〇〇七年一月二十八日，成都中央花园

年

又一次，这温柔的兽
把我们赶上火车
赶上飞机
赶上困顿的长途客车

八千里思念，八千里云和月
又一次，以家的名义
以团圆的名义
年，来了

去年是年，来年是年
今夕是何年

二〇〇七年二月十七日，除夕，成都中央花园

那一夜

不是蜡烛在燃烧
是羞涩的肉体在燃烧

不是蜡烛在倾诉
是两颗未经世事的心在倾诉

不是蜡烛在流泪
是扑朔迷离的命运在流泪

那一夜,我们试图挽留时光
像一支蜡烛终归徒劳

二〇〇七年三月十四日,成都中央花园

桃子

这桃花刚才还是少女

转眼就做了母亲

春风对她说了些什么

春风已老了

春雨对她说了些什么

春雨已无影无踪

二〇〇七年三月二十四日，成都中央花园

自打耳光的人

自打耳光的人
仿佛在自责
其实在打蚊子

推倒老宅的人
仿佛在建设
其实在抹去家族的记忆

一辆救护车停在门前
一群人推推攘攘
一个人在不停地自打耳光

二〇〇七年六月二十一日，成都中央花园

回故乡

东街此路不通

西街绕道而行

广场啊，让我团团转

哎，我又迷路了

当我回到故乡

这古老的城市

又在开膛剖肚

祖国日新月异

故乡怎甘于人后

有人想把河流引进城市

清洗故乡的胃

有人想把电缆埋进地下

把自来水管道埋进地下

把天然气管道埋进地下

把城市的记忆埋进地下

有人想去大北街的仿古城门上

遍插彩旗、打炮

有人想在城外圈地

栽桩、砌围墙

空气中飘着花香

博雅苑的兰草一百万一苗

空气中飘着酒香

文君酒变成了轩尼诗

我站在钟鼓楼前

这昔日的城市坐标

和我一样找不着方向

二〇〇七年六月二十一日，成都中央花园

孔明灯又升空了

孔明灯又升空了
从青草拥护的河滩

我们的头一致抬起
眼睛齐刷刷地望着夜空

那老人乐此不疲
点燃的是孔明，还是纸质的灯

三国并不遥远
唉，绝尘而去的童年

二〇〇七年七月二十二日，古镇平乐

蜡烛，或回忆之乡（组诗）

台灯关上

蜡烛陪伴了我们千年

再让它继续陪伴

——旧作《交谈》（1988 年）

二楼的灯

少年的目光总是向上

当月亮爬上柳杉树梢

星星爬上清寂的天幕

我抬头，二楼的窗户还亮着灯

你是否在灯前温习功课

给母亲写信，倾诉思念与离愁

今夜，在这偏远的农场子弟校

这灯光是最亮的星星

这灯光让我永夜难眠

二〇〇七年七月八日，成都中央花园

停电了

停电了，你来到我三楼的小屋

还有陶光轩、张小红

几个住校生簇拥着一支蜡烛

轮流摆龙门阵和笑话

消磨长夜，抚慰孤独

窗户没有玻璃

深秋的山风长驱直入

我坐在靠窗处

为蜡烛挡风

更是为你挡风

沦落天涯的人多敏感

这小小的举动难逃你的眼

蜡烛燃完了

黑暗中你轻轻拉着我的手

二〇〇七年七月九日，成都中央花园

补习语法

几个语法错误

会导致一篇作文的混乱

却指引你来到我的住处——

星期天，我为你补习语法

"的"的前面是定语

"地"的前面是状语

动宾结构，主谓结构

你的语法终于过关

我的心却被你湿漉漉的长发

一再搅乱

二〇〇七年七月二十四日，成都中央花园

一个人的校园

农场的干部子弟回家了

农村的贫下中农子弟回家了

整整一个学期

就我一人住校

白天还书声琅琅

洋溢着清贫的欢歌与笑语

每当夜晚来临

簇拥我的不仅有黑暗

更有难言的孤独

小小的恐惧

二〇〇七年七月十三日，成都中央花园

新学期开学了

节日的步伐总难挽留

年味儿尚未散尽

新学期开学了

我又辗转回到子弟校

报名册上没有你的名字

开学典礼上

也不见你的踪影

你转学了，回到了故乡

而我独自一人

依然寄人篱下

二〇〇七年七月十二日，成都中央花园

"彭贤弟来信！"

"彭贤弟来信！"李天寿朗声喊道

把信递给了我

谁是彭贤弟？

因为寄信人地址栏写有"彭县"二字

同学们这样称呼你

哎，这是怎样的宿命

我们同窗半年

仿佛梁山伯与祝英台

《梁祝》响起，蝴蝶纷飞

那甜蜜而苦楚的初恋

只有来世，没有今生

二〇〇七年七月十八日，成都中央花园

第一封信寄出了

第一封信寄出了

我忐忑不安，期待着回信

是石沉大海

抑或从此鱼雁往来

啊，青涩的初恋

开始了漫长的旅程

像一粒随风漂泊的种子

在哪儿落地生根

在哪儿发芽

在哪儿开花结果

没有结果

青涩的初恋飞过一棵树

飞过一片小山坡

飞过一条溪流

飞过一座村庄

至今没有归宿，依然漂泊

二〇〇七年八月八日，成都中央花园

大观十四行

昼傍绿畦锄嫩玉，

夜烧红灶炼金丹。

       ——唐求《长生观》

哎，此地乃青城外山

此地沾一些仙气哟

此地叫大观

味江的水意味深长

唐求饮过，易心莹饮过

二位前辈，我来迟了

我也要饮味江的水

在大观，不看山，不看树

不看云，不看鸟

商尔和柏慢

两个城里孩童玩疯了

休去管矣——

一场雨自山中来

我闭目反视，坐望内景

      二〇〇七年八月十五日凌晨，成都中央花园

秋英

哎，别叫我波斯菊

这名字好欧风美雨

我有那么洋盘吗

我的头颅已不堪重负

我怕在秋风中突然晕厥

八枚花瓣朝八个方向逃遁

叫我秋英吧

我顶多像个韩国女子

大长今或李英爱

不，我也不是她们

我的祖先从墨西哥高原

辗转来到这里

早已入乡随俗

难道你还不明白

我就是秋元村的一位村姑

当年和你同桌的那位

身段袅袅，经常被你欺负

此刻，我们在秋日的旷野窄路相逢

你细说你的刻舟求剑

我细说我的守株待兔

二○○八年八月三十一日，成都中央花园

墓园向月亮乞讨光线

墓园向月亮乞讨光线

反而加深了墓园的幽暗

这是前世的月光，来世的月光

这光线打扰了死者的睡眠

也打扰了死者可能的交谈

却让我得以阅读一封

前世的来信

我的姓氏在月光下摇曳

我的真身在月光下飘泊

今夜，这光线照耀着伯利恒的马槽

也照耀着人类的摇篮

照耀着他人的墓碑

也照耀着我针尖般清凉的一生

二〇〇七年九月十五日，成都中央花园

生日

三百六十四日和你擦肩而过

一年中只有这一天钟情于你

众星围着月亮舞蹈

天秤座在头顶编织着花冠

这是怎样的时辰

波斯菊、蕾丝花渐次开放

时间放慢了脚步

从轮回的人群中认养了你

带着母性的仁慈

二〇〇七年九月二十四日，成都中央花园

恶

他的心已退居二线

或被一匹大陆搂在怀中

他抬头看见了善，白云悠悠

羊儿俯身青草

二〇〇七年十月二十五日，大邑安仁镇

小燕子

——给郑燕

"准备迎亲的轿子吧。"

我的准新娘已去南方

我叫她小燕子

那年她十五岁

我从熙来攘往的人群中认出了她

就像但丁认出贝亚特里契

我对她一见钟情

给她写信，和她约会

要她做我的小爱人

她点头又摇头

她说："我配不上你，

我的功课一塌糊涂。"

"功课算什么？你是天使！"

她的脸颊一下子绯红

"给我朗诵诗吧!

我喜欢听你朗诵自己的诗，

就用邛崃话。"

她顾左右而言他

"小燕子，穿花衣，

年年春天来这里……"
我的小燕子，她已去南方
我的小燕子不是深宫中的格格
她是我永远的新娘

二〇〇七年十二月二十四日，平安夜，成都中央花园

大寒

这大寒，这二十四节气中的
最后一个节气
年味渐浓，积善人家
又在洒扫庭除
天空豁然开朗，下起了雪

一朵雪花冒失地爬在窗玻璃上
它目睹了室内的一切
散落在地的纱巾、手套
方桌上打翻的水杯
笨拙的拥抱和初吻

雪花像热锅上的蚂蚁
一阵晕眩，站立不稳
它羞愧无比，要以自身的融化
捍卫两个少男少女的秘密

二〇〇八年一月二十一日，成都中央花园

热气球

物价攀上了热气球

一个单亲男孩踮着脚尖

吃力地想用针刺破它

热气球升起来了

男孩乞求道：

搭上我妈妈的工资吧

随物价一同上升

二〇〇八年二月十五日，成都中央花园

炉火与少年

不停地，风箱给炉火鼓劲、打气
炉火将一块生铁含在口中
有如一个快乐的男孩
在大热天将一块冰棍含在口中

二〇〇八年四月十八日，成都中央花园

罹难之诗（组诗）

我要往没药山和乳香岗去，

直等到天起凉风，

日影飞去的时候回来。

————《旧约·雅歌》第四章

何时，家成了恐惧之地……

何时，家成了恐惧之地

不再是梦想的港湾

不再是肉体的避难所

今夜，有多少家

就有多少人露宿街头

我和妻儿也忝居其中

家中灯火已灭

我们复归原始

天当被盖，地当床

今夜，家成了对家的反动

家成了对家的嘲讽

谁远离人类的建筑，谁最安全

二〇〇八年五月二十一日，"五一二汶川大地震"

九天之后，于成都中央花园

地震是个大男孩……

地震是个大男孩

专搞恶作剧

专和我们捉迷藏

可不，五月十二日，他又来了

他让我们每个人猝不及防

"你这恶作剧实在大了一些！"

广场上的人异口同声地说

"当太阳来到托罗斯第二十天时，

大地将剧烈摇动。"

地震是个大男孩

他借预言家诺查丹玛斯之口

几百年前便告诉了我们

可我们充耳不闻

"游戏马上开始了！"他说

又急切地派二十万只蟾蜍

给我们通风报信

我们仍视而不见

"我有我的游戏规则！"

地震是个大男孩

他不知道什么叫生，什么叫死

被他捉到的人将直接送往天堂

地震是个大男孩

原谅他吧，原谅他的恶作剧

只是以后要格外小心

他还会继续和我们捉迷藏

二〇〇八年五月二十三日，成都中央花园

因为太多的悲伤……

因为太多的悲伤
我的眼里已没有悲伤
因为太多的泪水
我的眼里已没有泪水
因为太多的无助
我的眼里已没有无助
因为太多的绝望
我的眼里已没有绝望

啊！五一二汶川大地震
把悲伤还给我
把泪水还给我
把无助还给我
把绝望还给我

有一天，当我的爱人离去
请允许我还有——
悲伤的权利

流泪的权利

无助和绝望的权利

二〇〇八年六月十日凌晨，成都中央花园

这一天

这一天，天空放晴

又铅云密布，大雨滂沱

这一天，花朵怒放

又垂下她们高贵的头颅

这一天，鸟儿悲鸣，河流呜咽

嘶哑，缄口不语

这一天，家园沦为废墟，教室沦为坟冢

大地的伤口还在流血

这一天，领取圣餐的孩子

领取了一份"天地不仁"

二〇〇八年六月十一日，成都中央花园

祈求

让废墟中散落的课本回到书包

让书包回到孩子们稚嫩的肩上

让孩子们回到教室

让教室书声琅琅

让朗朗的笑声照亮孩子们放学回家的路

二○○八年六月十二日，成都中央花园

写给北川孩子的哀歌

在这里，死亡的镰刀大面积丰收

悲伤成为每个人内心的胎记

一个孩子的手从废墟中伸出

向大地摊开他的绝望与无助

请把这孩子追认为烈士吧

为了上学，他每天都起得很早

他哼着小调，边走边啃着玉米馍馍

山风拂面，露水常常打湿他的裤管

他要翻过一座山才能到达学校

当黑暗在午后降临，校园沦为废墟

他的最后一滴血溅在课本上

啊，就用那黑板做他的墓碑吧

那上面有他热爱的汉字，它们是

粉笔留下的脚迹，它们是他的墓志铭

二〇〇八年八月五日凌晨，成都中央花园

附：废墟笔记

一

有多少废墟

就有多少个支离破碎的家庭

有多少废墟

就有多少颗破碎的心

二

地震把他变成了哑巴
他在废墟中目睹了什么？
而上帝不允许他说出

三

看看这些校园吧
看看这些废墟
天使折断了翅膀
旁边，一块石头流泪了

四

地震能预测吗？有专家说，震级越大，越能预测。这次
"五一二汶川大地震"里氏八级，震级够大了吧。但为什
么没有及时预测到？如果不能预测，对不起发明"候风地
动仪"的张衡，对不起我们的老祖宗。如果能预测，为什
么又不震前预震呢？哎，不能再追问了，我的追问让我自

己也感到有些害怕。

五

从地震的废墟中救出来的三岁的郎铮是个天真可爱的小男孩，然而，他的一个下意识的手势却被无限地放大了。多年后，这个被称作"敬礼娃娃"的男孩还会认同那个被放大的手势吗？

六

汶川大地震！这个命名有误。因为，这次大地震的震中不在汶川县城，而是在北川县城和汶川县的映秀镇。因为命名的失误，在赈灾上耽误了不少宝贵的时间。
这次发生在龙门山地震断裂带上、有着双震中的大地震应该叫"龙门山大地震"，这个命名至少比"汶川大地震"准确。

七

望着那些躺在空地上，身上覆盖着蓝布的孩子，我又一次强忍住泪水，我要在心里积蓄更多的眼泪，我要用它发电，照亮孩子们通往天堂的路。

据说，通往天堂的路有一段是黑暗的。

八

谁扼杀了孩子，谁就扼杀了世界的光。

黑暗从大地升起来了。

九

废墟中的孩子，我不能安慰你绝望的父母，就像我不能安慰自己，因为，我也是同样绝望的。

十

对豆腐渣工程提出控诉的居然是孩子。只是这代价实在是太沉重了。再次证明了那句西方谚语的真理性：孩子是成年人的父亲。

十一

一个犹太孩子在逃避纳粹灭绝时，在日记里这样写道："当世界上最明亮的生命要被扼杀时，那些可以阻止的人们在哪里？！"这个孩子对大人灵魂的拷问，至今让人震撼。然而，悲剧仍在继续，那些深埋于地震废墟中的无辜孩子的哭喊，不也在拷问我们这些大人的灵魂吗？孩子，我徒有双手，我未能前来救你们，我是残忍的，我是有罪的。

十二

"向地震学习。学习它摧枯拉朽，战无不胜。"
当我写下这句话，我是多么绝望。

十三

蒋敏同志，恕我不能向你学习，你的母亲、女儿等十名亲人在地震中不幸遇难后，你仍强忍巨大的悲痛，坚守工作岗位，不去见他们最后一面，太不合人之常理。一切不合常理者，皆不可学。

十四

"用卑微向天父屈身，用神造我们的口祷告：求主赦免我们悖逆不悔改的罪，拜偶像的罪，污秽淫乱、阴谋的罪，贪婪的罪，轻慢的罪，骄傲的罪；求主的宝血洗净我们一切的罪！让灾难远离我们的家园，让华夏子民都成为蒙福的儿女，免遭地狱。"

五月十六日，基督徒诗友康晓蓉将上述文字作为短信发给了我。这段文字似乎在向我传达这样的信息：这场大地震是人为的，是人的罪一手造成的。

共业导致一切灾难！

十五

"他从废墟中走来。"我的脑子里突然冒出这样的句子。接着又冒出："地震时代的爱情。后地震时代……"我知道，这些句子既指向一次劫难，又指向可能的新生。

十六

太多的流血，太多的死亡，太多的伤痛，太多的妻离子散、家破人亡……难道这就是世传中的恶月吗？

十七

蒲公英，你那一把把曾庇护过我童年的小伞，在这山崩地裂、家园沦为废墟的五月，能变成一顶顶飞翔的帐篷，庇护那些流离失所的灾民吗？

十八

我在心中不断追问："五一二汶川大地震"之后，写诗是可耻的吗？

十九

谁是朱坚强？朱坚强是彭州市龙门山镇团山村村民万兴明家的一头大肥猪。据说，这头名叫"朱坚强"的猪，震后被埋废墟下整整三十六天，六月十七日，被成都军区空军某飞行学院战士刨出来时，还坚强地活着。在废墟中，朱坚强仅靠吃木炭维持其生命。也就是说，在这场大灾难中，生命的奇迹并不属于人，而是属于一头农家养的猪。这真是对苦苦期待生命奇迹的媒体绝妙的嘲讽。

在灾难面前，人的生命实在太脆弱了。

二十

国旗缓缓下降，低一些，再低一些，那里有死者的气息，那里能找回你的尊严。

二十一

唐家山堰塞湖是"五一二汶川大地震"死难者的眼泪汇聚

而成的；叠溪海子是一九三三年叠溪大地震死难者的眼泪汇聚而成的；那么，人间仙境九寨沟又是哪一次大地震死难者的眼泪汇聚而成的呢？

二十二

绵竹汉旺镇广场钟楼上那四面大钟的指针无一例外地永远定格在了五月十二日下午二点二十八分，而我的生物钟却从此紊乱，永无宁静。

二十三

大地震发生在四川，发生在我的家乡，发生在华夏大地上，但对这场灾难的思考，必须仰望苍天。

最美的九十九个汉字

这是我要写的一部书——

《最美的九十九个汉字》

我已经准备了很久

迟至今日仍未动笔

就像去年，十二月的天空欲雪未雪

结果酝酿了一场铺天盖地的大雪

让江河断流，让道路吃紧

颠覆了南国古典的冬天

此刻，在这儿聊聊几个姓氏

它们是最美的九十九个汉字之一

首先是"席"，这木质的姓氏

和我的关系最为密切

但和我更为亲密的人

却从不把它挂在嘴边

妻子叫我永君

儿子叫我爸爸

弟弟叫我哥

她叫我先生

啊，对了，同事们无论年龄大小

都叫我老席

徐，我初恋情人的姓氏

徐徐，一种舒缓的动作

可以是一只苍鹰滑过晴空

可以是一对情侣在园中漫步

但对这个词最好的诠释是太极拳

那天，陈师傅向我演练了一套拳术

其中包涵养生的哲学

以静制动，以柔克刚

多么深奥的学问

啊，二十三年前遭遇的那场失恋

曾让我痛不欲生

王，我妻子的姓氏

也是她的姓氏，他的姓氏

这姓氏太过普通

但只要和下列汉字组合

一下子就让人肃然起敬

帝王、君王、先王、父王、国王、大王……

但它并不想依附于这些汉字

当它从众多象形文字中揭竿而起

王，孤独的王啊——

更加令人望而生畏

羚羊闪开，梅花鹿闪开

看吧，旌旗猎猎

草原上一头雄狮大摇大摆

二○○八年七月二十三日，成都中央花园

玉操（组诗）

——给姜翠

命名

是谁在放牧天上的羊群

天空高朗，流水岑寂

你，羊的女儿

月亮和天籁的女儿

如果是玉，必为羊脂

如果抚琴，必为玉操

这新生的古琴由我命名

由你捍卫她的操守

在每一个黄昏看平沙落雁

在每一个冬天踏雪访梅

大地冰清玉洁——

当我老了，独坐庭前

请用玉操为我抚琴一曲

那高山流水，那万壑松风……

二〇〇八年十月十日凌晨，成都中央花园

注："玉操"乃青年琴家姜翠之琴，从蜀派琴家曾成伟先生

处购得。抚弄六载，至今无名无姓。自古一琴一名，名正

言顺，"玉操"之名为我所取，实乃天意。取名虽为文人雅

事，但好名难求。"玉操"寓意清远、高洁，数理、五行俱佳，以诗记之。

听指

若言琴上有琴声，

放在匣中何不鸣？

若言声在指头上，

何不于君指上听？

           ——苏东坡《琴诗》

玉操又一次摊开黄昏

你自山中来

带来山风、鸟鸣和清泉

你轻抚玉操

便有明月松间照

便有清泉石上流

便有风回曲水，花影层叠

这一切盖因手指与琴弦的爱恋

听松，听泉，听月

一场旷世之恋把我引至久远的汉代

玉操再次响起，循指听琴

我又回到阔别已久的故乡

二〇〇八年十一月二日，成都中央花园

素琴

月出鸟栖尽，寂然坐空林。

是时心境闲，可以弹素琴。

——白居易《清夜琴兴》

折柳道别的人早已上路

他们是你的师兄师妹

他们弃琴而去，多么决绝

惟有你对三尺枯桐情有独钟

你说，琴是你的老公

每夜，你抱琴而眠

天上有七星，尘世有七弦

你净手焚香，抚琴面对每一个黄昏

二〇〇八年十一月四日凌晨，成都中央花园

关于月亮

一

"我要骑一只乌龟去月亮！"
一个孩子的伟大梦想
让我肃然起敬

二

月亮是人造的
就像说书人所讲
很久很久以前——
一群人参与了对月亮的创造
他们夜以继日劳作
而我和另一群人
将乡愁悄悄植入月亮的心脏

三

用泪水去兑换泉水
用金子去兑换笑声
用乡愁去兑换天上的月亮

四

一头狮子从月亮上跌下
群龙无首的草原又恢复了秩序

五

月光洒满贫穷的屋顶
月光照着童年的梦

六

月亮见证了我们的爱情
月亮守口如瓶

七

月亮的白骨照耀着大地
明年中秋，它还将继续照耀

八

月亮，这天上的女儿
那么轻灵，又那么丰满
我能透过她细嫩的皮肤
看出她的思想

九

月亮，天上的马车
运送离愁别恨，也运送思念的粮草

十

是谁手提月亮如灯笼，
匆匆走过寂静的东方？

十一

用茶贿赂月亮？

用酒收买太阳？

十二

此刻，我的真身在月亮上打坐，
我的肉体在她的胸脯上流浪。

十三

今夜，月亮像一道伤口，
照着失恋的人儿。

十四

她像一轮满月
巡视着自己的梦境

十五

今夜，月亮像一面生锈的铜镜，
被乡愁反复擦拭、打磨。

十六

月亮，永恒的偷窥者。

十七

谁在夜晚迷恋照相机，
谁的灵魂就会在月亮下曝光。

十八

月亮的前世是一只兔子。
或者说，兔子一旦飞翔，
就是一轮明月。

十九

在这雾霾时代，
谁能将明月快递给我？

二十

如果我祈祷，月亮就是一座教堂；

吴刚的伐桂声，就是教堂的钟声；

嫦娥就是已发服从、贞洁、神贫"三圣愿"的修女。

二十一

千里月色，一朵野花开在山岗。

二十二

只要上足发条，

月亮就会沿着树梢爬进你的窗户。

今夜，月亮不装饰你的梦境，

月亮本身就是一场无穷无尽的梦。

二十三

满天的星斗如成熟的麦子，

等待着新月的镰刀收割。

二十四

月亮，这夜空中飞翔的石头。

二十五

月亮的乳房高悬夜空，
千百年来，喂养了夜晚，
也喂养了中国诗人的想象。

二十六

是谁手提月亮如灯笼，
匆匆走过寂静的东方？

二十七

在世间万物中，
月亮是我们必须继承的遗产。

二○○八年十月至十二月，成都中央花园

春天

轻雷滚过川西平原
春天驾着木牛流马来了

古老的春光里，男孩们在玩斗鸡腿
更小的孩子在玩拨浪鼓

少女在镜前裸身化妆
羞涩的童贞就要完璧归赵

龙泉的桃花开了
春天多么肆无忌惮

二〇〇八年十一月十七日，成都中央花园

短章

一

诗歌仍在远方生长
大海仍在持续到来
童年的失语症就要治愈

二

整个春天，他都在恋爱
同桃花，同他笔下的女主人公

三

看电影《银饰》得诗二句
在民国，众花都谢了
梅花开得冷

四

真理有金属的质地

刺痛我们的睡眠

五

身体里的火焰背叛了夏天

六

鸟儿是天空的浪花

七

当我十五年前来到成都
我不是异乡人
而是故乡的一小块飞地

八

我的祖国正走向他的晚年

九

白糖和盐
生活的甜和岁月的咸

十

把水喝成水
把茶喝成茶

十一

当我抬头，时代正朝着物质
高歌猛进

十二

揭竿而起的菜花
在捍卫乡村的宁静

十三

看吧，大海在高谈阔论
而山峦始终沉默不语

十四

个性登场——
教育就是反教育
诗就是反诗

十五

我们面临的又一种现实：
地上的老鼠比天上的星星还多

十六

他同时涉过了两条河
一条在他身后

一条在他梦中

十七

快清点你那一箩筐废话
或许其中有一句
能触到生活甜蜜的痛处

十八

读莫非《呆瓜收藏》得绕口令一句

莫非呆瓜莫非不是瓜

十九

有一句真理
是你的私处说出的

二十

二〇〇六年七月三十日下午听雷有感

雨下着，荷塘热闹了
大珠小珠落玉盘

二十一

在龙泉桃花沟
桃花如此多娇
引无数城里人尽折腰

二十二

词语在纸上站立不稳
它们被告知缺钙
便侧身躲进了电脑
那黑洞吞噬了我们多少时光

二十三

墙内墙外桃花凶猛

二十四

诗人们都在电脑上耕种
哎，白纸愈加荒凉了

二十五

今夜有狮子座流星雨
一只青蛙在井底仰望星空

二十六

童年记忆（一）

饥饿就是不怕饥饿
温饱就是不知道温饱

二十七

童年记忆（二）

烈日下，一把蒲公英的小伞就能带来清凉。

二十八

她的脸看上去不是苍白
而是愈加荒芜了

二十九

最大的秘密就是没有秘密

三十

在你熟睡时，灯亮了。你醒来，又迅速投入另一场梦。

三十一

如果爱情是一种宗教？

三十二

在这尘世，幸福是如此细小，有如针尖与麦芒。

三十三

诗在寻找诗人
花朵在寻找树枝
水在寻找鱼
精神在寻找精神病人

三十四

领取圣餐的孩子
今夜有福了

三十五

匕首

世界上最短的路，只要你愿意，一步就能走完。

三十六

城市有它的摇滚
乡村有它的蛙鸣

三十七

蝴蝶太爱美了，以至于容不下一张容易衰老的脸。

三十八

今夜，星斗满天
明天早晨醒来，你将
如何面对那一地鸡毛

三十九

这孤儿遭遇了一场雾
这孤儿伸手不见亲人

四十

精神是精神的枷锁
自由是自由的敌人

四十一

铁轨迫不及待，
起身恭候火车的圣驾。

四十二

她的睡姿粗枝大叶
睡眠解除了她矜持的武装

四十三

我的祖国是一粒麦子，
还是一颗螺丝钉？

四十四

青蛙还在冬眠
刺猬上路了

四十五

一面铜镜照亮了他的梦想，
让他从此踏上收藏之路。

四十六

在"和敬清寂"的尽头，
我看见日本茶道。

四十七

他把手伸出窗外抓雪吃，
但怎么也抓不到。

四十八

有谁会在意水的洁癖？

四十九

必须承认，那只飞得最高的鸟，叫天空。

五十

今晚，颓废的不是女人和花朵，是春风。

五十一

纸，那么单薄的身体，

却支撑起了人类文明的大厦。

五十二

"谁是黑格尔？"
"那个把人类判给历史的人。"

五十三

用怪癖武装美。

五十四

一只疾飞的鸟，
是否会划破空气的皮肤，
并让它血流不止？

五十五

他的友情呈酸性，

总是带有小小的醋意。

五十六

每一片茶叶都有一张中国面孔。

五十七

被饥饿喂养大的人，
节约乃是一种怀旧，
而不是他的美德。

五十八

他要沿着闪电的羊肠小道，
重返雷霆的故乡。

五十九

当我在稿笺上写下：雨。

窗外，一场雨下了起来。

六十

但向梅花寻茶意……

六十一

在农业的深处，
和钱穆喝一杯下午茶。

六十二

你那么钟情于惊蛰茶，
是想听那一声出其不意的棒喝，
还是想和遥远的雷霆对话？

六十三

当你把一碗水努力端平，

你终于喝到了第一杯春分茶。

六十四

一个农民对我说："没地种了，只能看着天空发呆！"
我说："发什么呆啊，你去耕种天空！"

六十五

普通话与方言的区别在于，
普通话是纯净水，而方言是矿泉水。

六十六

这澎湃的泪水，这汹涌的孤独。

六十七

我爱你，在泪水中游泳的女孩。
你那么古典，那么民国。

六十八

她脸上的桃花就要盛开，
她脸上的苹果就要成熟。

六十九

灰尘是黑暗的一部分，
灰尘是专制的同盟军。

七十

和谐社会从打坐开始!
这是我的一家之言。

二〇〇六年八月至二〇〇八年十二月，成都中央花园

云上的火车

我的众神，请把铁轨铺到天空

铺在那云朵之上

大地已失去往昔的慷慨

火车一再提速，仍然太慢

那一节一节车厢

那一节一节思念

怎能容忍那蜗牛般的速度

云上的火车，被众神

插上翅膀的火车

那速度刚好承载我的思念

我的众神，我要亲自驾着它

去重庆、北京、烟台

去杭州、台北、库尔勒

她的足迹所到之处

就是我要抵达的目的地

二〇〇九年一月二十日凌晨，成都中央花园

致苏笛

每一个汉字都是一盏灯

昨日午夜，我读到了"苏"

今天黎明，又与"笛"狭路相逢

（"笛"吹响了黎明）

它们从仓颉时代远道而来

像两盏木质的灯

悬挂在各自的房间

照亮各自的主人和长夜

家具、食物、发黄的书卷……

有一盏灯曾照亮苏乞儿

也曾照亮苏小妹

照亮武状元，也照亮才女

骨笛、竹笛、芦笛……

有一盏灯更多的时候照亮自己

当我和两盏灯

同时照亮的主人不期而遇

她带来了不一样的下午

不一样的水果和芳香——

橘子摊开了一瓣瓣月亮

四月多么仁慈——

空气中充满了奇妙的声音

经验之诗

他醒来，躺在床上
构思一首诗——

"小雪至，雾更多。
清晨，大雾深锁平原。"

——啊，哪里有雾？
沿着巴比塔，太阳升起来了

太阳升起来了
像一棵摇钱树

叮叮当当的金币
打倒了一切经验

第三辑

——一九九〇年代诗选

为冬天的第一场大雪而作

一

农历十一月二十二
冬至后的第五天
广大的成都平原以西
一场大雪覆盖了我的故乡
在我疆域辽阔的祖国
这儿被称作内地，称作大西南
雪，就在我故乡的上空
下了起来

雪下起来了，纷纷扬扬
犹如仙女散花
犹如天使展开了翅膀
捷报从天而降

二

雪下起来了
雪在瓦上，在我们的内心

在我们的头顶和脚下

大雪中，我看见天堂在下降

雪，给世界带来天才和伟人

莫扎特与毛泽东

耶稣、索尔仁尼琴

给南方的诗人带来灵感

带来沉郁又从容的诗行

这高贵的王冠，从天而降

给冬天加冕，注入无限生机

雪，是温暖的

有如一颗老人的心

三

野花，一枝枝火焰

在原野上燃烧

雪，熄灭了最后一枝

大地无声无息

是谁告诉我

火焰的中心是雪、是寂静

是谁在雪中吟哦

使梅花开放

这冰雪的女儿

隐忍，沉默，又傲然枝头

在她身上集中了冬天全部的美德

我们怀有的

远不及她的品格之万一

我们遗弃的

她俯身拾起，独自承担

点点梅花开放

恰如一则则隽永的格言

勉励我们在西风中坚持写作

热爱美人和汉字

并且，让一次爱情刻骨铭心

四

此刻，乌鸦停止了喧闹

大地坦荡、寂静

像智者，又像一位

年长的哑巴

睡思昏沉的老祖母

炉火旁，她全部的身心

陷入遥远的回忆——

春花一样怒放的羊角辫

吉祥如火的嫁妆

乌鸦，当它从唱诗班

悄然退出

脱去歌者神圣的衣饰

把赞美化作沉默

把花朵化作果实

它袒露的内心

它质朴的存在

比雪更白

比白昼更明亮

五

谁的步履踏上这无垠的白色

雪，就会发出沉闷的声响

抗议无礼与粗暴

春暖花开，这无辜的少女

以融化捍卫自己的纯洁

我看见雪被一再蹂躏

隆隆的战车驶过

刀光剑影、人仰马翻

人的血、牲畜的血

众多的血玷污了雪

更远的地方

一个部落在雪中迁徙

悲壮、豪迈

仿佛一个人视死如归

酋长走在人群的前头

风雪中，大队的人马紧随其后

他们饥寒交迫，疲于跋涉

远离家园和上帝

雪，目睹了这一切

宽容并见证了一个部落

最为艰难的历史

六

雪花纷纷扬扬
整个冬天迎着西风起舞
大地洁白、轻盈
"这样的洁白里，你们
还能添加什么白色？"
曾子的话借庞德的口再次说出

白色无边无际
雪原上，伫立着几个雪人
他们大小不一，神态各异
面朝不同的方向
又同时指向伟大的童年

我，一只迷途的羔羊
夏天狂热的赞美者
蜷缩在冬天的一隅

风雪迷茫，不辨方向

雪人、雪人

快带我回家

七

一只寒鸦掠过头顶

雪花纷纷扬扬

我听见天使在歌唱

听见成对的灵魂窃窃私语

他们从六月远道而来

带来六月的雪，六月的寒冷

飞翔中关注着我们的生存

安魂曲无声地响起

这圣洁的乐曲为谁而鸣

啊，天空在举行葬礼

六角形的雪花女王

从王座上缓缓走下

从雪到雪

从西风到西风

谁能感知冬天的温暖

感知万物隐秘的秩序

八

雪，下着

封锁了所有的河流

所有的池塘和道路

雪是水的另一种存在

但比水更形而上

比蝴蝶更轻盈、空灵

雪，眼含热泪

亲手埋葬了水仙

让梅花开放，无穷无尽

雪，斩断了我的自恋情结

让我渐渐长大

只允许想起童年

想起雪中的少女和初恋

那一年冬天

我们在漫天大雪中邂逅

以雪为媒，一见钟情

多少年了，雪离开了我

温暖的冬天离开了我

雪花纷纷扬扬

因为这无垠的白色

雪中的少女

我们将再次相遇

九

我看见雪

看见一个人清白的一生

他饱经风霜，在月夜里

目睹了自己的真身

又在冬天与雪对称

天色向晚

他向雪俯下了身子

并久久地埋首雪中

他抬起头来，开始唱歌

整个心儿感到了雪的温暖

一九九〇年十二月至一九九一年十月，二稿于邛崃外城西

花园与风筝

花园里开满了花朵

白色和红色的花朵

这些花朵被冬天压抑

又被冰雪一再孕育

这是公历的四月

南风中的花枝招展

我想起许多年前的这一天

济慈在花园里吟颂他的夜莺

不朽的夜莺至今歌唱着诗人

而我们奔跑着，在花园里放风筝

向童年开一扇轻盈的窗子

风筝飞起来了，高过了塔顶

没有奇思，没有狂想

透过这扇纸质的窗子

我们向蓝天打听童年的消息

风筝高过了视野

我们在南风中奔跑，欢唱

暂时忘却了尘世的烦恼

甚至爱情

这就是童年对我们的回报

风筝愈飞愈高，愈飞愈遥远
就像离我们远去的童年
只留下手中的线和整座花园
只留下惆怅

一年一度
我们向蓝天打听童年的消息
镜子中的家园
明亮，温暖
让我们忧伤，又让我们向往

一九九一年三月十日至十一日，邛崃外城西

赞美（一）

这就是绝对，要么离去

从此不再相见，要么留下来

和我结伴，终身厮守

让我同时拥有两份礼物

花园和你的美丽

这样富有是前世的阴德

还是上帝的格外垂恩

啊，我清贫而富足，在春天

谁拥有这样的财富

谁就会歌唱，终身歌唱

在每一张白纸上写下赞美和感激

当花朵凋谢，你也两鬓蒙霜

我的诗会悄然挽留住一切

后嗣们会阅读它们

铭记并传诵你们

昔日的芬芳和美丽

一九九一年三月十七日，邛崃外城西

245

赞美（二）

为什么这些言辞一旦出口

就成为古老的歌咏

这些赞美还没有抵达你

就在空中回荡，融入巨大的交响

啊，对于美，我们总是不厌其烦

把说过的话一再重复

就像此刻，我写下的这些陈词与老调

但是，既然这个时代

真正的美人寥若晨星

对她的赞美又为什么嫌多

如果所有的国人都趣味高雅

让审美成为统领时代的风尚

汉字中的民族又何愁没有希望

这星辰和灯塔

让美人引领我们，为我们导航

一九九一年三月十八日，邛崃外城西

登高

只要攀登，世界就同我一道

呈上升的趋势

我们携手前行，向上

但有谁能抵达孤绝的顶峰

在高处的风中歌唱

忘情于寒冷和死寂

那里的季节与人类无关

并且，它拒绝偶像

蔑视我们的仰望和赞美

但从这样绝对的高度

我们才能目睹大地的真貌

人性的善恶，草木的枯荣

火的温暖，水的亲切

这是春天，大地在脚下起伏

一片空蒙

一九九一年三月十九日，邛崃外城西

行进中的火车

有谁能将一列行进中的火车

还原成一首诗

有谁能同它一道前进

这纯粹的节奏

不在乎沿途的景色

是沙漠，还是烟雨迷蒙的江南

山峦起伏，平原广大、无边

它行进着，只和速度有关

和两条铁轨有关

在我未同它一道前进时

我甚至不能写出一个与它对应的词

对事物的感受也一样

要么事物环绕我们

要么事物就在我们心中

只有兰波例外

他天才、早熟，在写《醉舟》时

从没见过大海

但兰波的海甚至比真正的海

还要真实、壮观

当然，在我没有乘坐火车前

我有我的速度

只是，和行进中的火车无关

和铁轨无关

　一九九一年四月四日，成都至北京的旅行途中

猫

有谁知道一只猫在夜晚的行踪

就这样，它远离白天

远离了我们

它的去向无从打听

这与生俱来的精灵

它的存在只和月亮有关

这辽阔夜晚的神秘使者

在白天里慵懒如华贵的妇人

但在夜晚，当我们沉沉睡去

它揭下白昼的面纱

顷刻，便穿越我们的梦境

（这样的梦境贯穿我们的一生）

这是光的速度，声音的速度

这是对神无声的赞美

一只猫在夜晚，它行动着

与我们的灵魂对称

一九九一年四月二十八日，上海江湾

从我房间里望见的一座雪山

一

从我房间里望见的一座雪山

在阳光下闪烁着圣洁的光芒

冰雪的肌肤，绰约的处子

光芒之外，困兽咆哮

物质凶相毕露

人的灵魂被拷打

被最大限度地曝光

世界在日渐沉沦

惟有你傲然于尘世

高贵，神圣，纤尘不染

面对广大的存在一如既往

始终保持同一个姿态

一颗心冰清玉洁，抱朴守真

让我终生仰望

入世或出世

我将满怀这样的品德

二

对于我，你就是宗教

让我每天清晨推开窗户

两眼清明，呼吸畅然

远眺神明的宁静

你就是灵魂的家园

就是公理和法则

让我面对混乱的世界

得以重建内心的秩序

这样的秩序有如一日三餐

有如睡眠，但比睡眠更形而上

一匹马穿过梦境，穿过广大的森林

奔跑中成为纯粹的速度

就像你升起，不断升起

在阳光下耸立，成为古老的象征

让我在眺望中

用整整一生与你对称

一九九一年六月一日至三日，邛崃外城西

桃子

孩子们在风中奔跑

三月，桃花格外温暖

桃树下亲昵的恋人

你们中有谁知道

从古至今，精明的人

如何借刀杀人

桃子如何杀人

"二桃杀三士"

这样的典故让人触目惊心

谁能料到，桃子

如此鲜艳的水果竟暗藏杀机

在一派喜庆中

沦为同谋和帮凶

水果和刀，谁更锋利

桃子和士，谁更无辜

一场惨烈的悲剧在发生

谁是牺牲品，谁是替罪羊

三个士抱成一团

三个士同时死去

借刀杀人

生活或书本

这样的情景被我一再目睹

已是五月，我合上典籍

桃子纷纷上市

带着一生的忏悔被我们品尝

成为水果

成为值得赞美的尤物

星移斗转，干戈化作玉帛

一九九一年六月八日至九日，邛崃外城西

蝴蝶

当我第一次把"蝴蝶"写在纸上

蝴蝶是小学课本中的两个生字

仅仅与昆虫和拼音有关

然后，它离开课本

在夏日的草丛中飞舞

轻盈、飘逸

这是我对蝴蝶最初的认识

远不及蝴蝶存在的一半

一首乐曲在响

一对古代的男女

在一扇窗下两小无猜

一册经书混淆了性别

蝴蝶在飞

我看到比音乐更抒情的死亡

但这些还都是蝴蝶的表象

蝴蝶最深刻的部分连接着睡眠

庄周梦蝶，一梦千年

蝴蝶在花丛中飞舞

空灵、缥缈，又敛翅而栖

像合上的经卷

智者入睡了，安详、宁静

生和死，梦境和现实

尘世中的许多问题

是否在蝴蝶身上得到了统一

落叶凋零，一丛菊花

在秋天深处燃烧

我听见蝴蝶在哭泣，低声哭泣

蝴蝶回到自身

它小小的躯体带来巨大的虚无

因而拒绝物质

面对尖锐的蝴蝶

有谁能将生死等量齐观

一九九一年九月二十三日，邛崃外城西

西西弗斯

——为约瑟夫·布罗茨基而作

西西弗斯推石上山

石头又滚了下来

谁能承受命运的打击

这榜样满怀对尘世的眷恋

一块石头诠释了幸福

夕光中的背影辉煌、坚定

甚至比十字架上的耶稣

更让我感动

白昼隐入肉体

每一块石头都是光明的中心

如此永远的劳作，年复一年

把人生概括为苦难和荒诞

又把苦难和荒诞上升到崇高

智慧，义无反顾的激情

我，一个写诗的汉人

怀有和你同样的命运

在自己的祖国长大

同母邦的语言邂逅，一见钟情

一颗心与石头对称

被生活放逐，流亡在纸上

一九九一年十一月六日，邛崃外城西

天方夜梦

头枕《古兰经》的人是否能安然入睡
如果他入睡，并且在梦中
和期待已久的人儿相遇
这厚若砖头的书籍，书籍中慈悲的安拉
是否能宽容并接受这一景象

啊，骆驼穿过针眼
多么难以承受的重负
那些流血、那些飞砂与走石
一个民族的历史，苦难的肉体
君临万物的神灵

广大的沙漠，沙漠中一度辉煌的城堡
遥远的阿拉伯正带来另一番景象
她是谁？劳拉？洛丽塔？贝亚特丽契？
抑或帕斯捷尔纳克难以选择的两姊妹？
但她比她们更年幼，胸前的花蕾尚未绽放

啊，幸福的无知的人儿
你看她一路芬芳，手舞足蹈

不知天高与地厚

穿过两面相对的镜子

让满怀的童贞趋于无限

恍惚中带来不容置疑的春天

艰难地上升着的天堂

花园，正午的月亮

他目睹这尚未蒙尘的景象，不曾开垦的处女地

布莱克的病玫瑰重又焕发青春

但他始终在追问，多么急切，缺少耐心：

"她是谁？琼玛？伊娃？"

他的心儿狂跳，面颊通红

几乎喊出了她们的名字

这喊声解开了他的童年情结

太美妙了，一册经书带来尼罗河

尼罗河带来她的女儿

不，这是更大的惩罚

当他醒来，头枕《古兰经》

现世人生中，这可人儿如花飞逝。再难寻觅

　一九九三年五月二十九日至六月四日，成都白果林小区

为一匹大山中的一所小学和一条小溪而作

在未曾到来之前，我已记不清

多少次梦见这匹大山

大山中的这所小学，这条小溪

以及去年夏天新来的女教师

她如花的青春迎着山风摇曳

把横亘在我们之间的

整整一个年代，恰到好处地

缩短成一行诗，一支笔，一个快件信封

因为她的到来

一群肮脏、粗野的山里孩子

又多了一个被簇拥的中心。夜空中

众星围着月亮舞蹈

薄雾缭绕，偶尔的犬吠声里

群山静若处子，静若神龛

百鸟啼鸣，太阳艰难地升起

山中的一天又重新开始

多么不幸，一出悲剧早已排练就序

此刻，我来到这里，它正在上演：

给我们带来温暖和光明的煤

就这样，使一条小溪从此蒙冤

昔日纯净的溪水

再也不能对它身边的孩子

回报童真的倒影

一任这群山里的孩子活泼、肮脏

但它万般无奈的放任，正好让我

得以目睹一幅童年的幸福画卷

鞭儿挥舞，陀螺在旋转

我羡慕这群温暖、肮脏的孩子

过去、现在和未来

谁将见证他们的存在

是寂静的群山，蒙冤的小溪

还是你——新来的女教师

简陋的教室里书声琅琅

孩子们好好学习，一天天长大

身上的尘土渐渐褪去

被溪水带走或滞留于内心

成为时光中最朴素的部分

谁能预言其中的败类和天才

但他们中的大多数注定要留在这里

同群山一道感受风雨和阳光

岁月蹉跎，时光搀和着寂寞

搀和着心血和粉笔末

昔日的女教师，我热爱的人儿

两鬓蒙霜。当她睡思昏沉

在暮年的某个正午打盹

隐隐看见一群活泼的孩子

遥想当年，她如花的青春

围绕着一群满身尘土的天使

一九九三年六月十九日至六月二十五日，成都白果林小区

十年

十年，英雄落草，浪子回家
身着龙袍的皇帝换上了新装

十年，羞涩的少女做了母亲
井底之蛙成为星象学家

十年，隔岸观火的小卒涉川过河
面壁的僧人修成了正果

十年，雨水打在脸上
贫穷的人依然贫穷

一九九三年七月二十日，成都白果林小区

乌鸦

众鸟之上的乌鸦

那一夜，它在皇城的上空飞翔

翅膀击落城头的月亮

河流幽咽，我和你心儿破碎

满怀旷世的忧伤

啊，回忆中幸福的旧日子

痛楚的别离，青春的烦恼

而月亮忍住了哭泣

全部的泪水化为一缕清辉

照彻比自己更苦难的大地

大地弥漫着草药的气息

乌鸦带来秋天的配方

药力深长、细致，直抵膏肓

那年，一位太医流落江湖

悬壶于市，又隐忍沉默

有一次，他喃喃自语：

"良药、良药，何其苦口！"

这声音形同咒语

疾病的走向顺应了健康

而你，众鸟之上的乌鸦

将一场小疾养成了大病

一九九三年九月十日，初稿于邛崃外城西

一九九四年六月四日，再稿于成都双林小区

一九八三年夏天

夏天，一个下午的偏头痛
带来激烈的言辞，开门见山
道路指向南方和北方

大路上，各奔东西的马疾驰
相爱的人儿在流泪，在告别
羞涩的连衣裙被风扬起

暮色中，古塔倾斜
宿命的鸟低飞
野花和芦苇倒向一边

青春、爱情、为了离别的聚会
那一年，一对初恋的人儿
一个十九，一个二十

一九九四年四月五日至二十三日，成都双林小区

风

这就是我倾心的事物
它是虚无，但不是虚无本身

它是风，让满树的梨花飘落
又从万里之外送来春天和草帽

温柔、羞涩、狂暴
它所带来的一切多么美妙

风筝带走了寂寞的童年
一池春水中，吹皱的月亮忍住了乡愁

摇曳的树叶，飘荡的云朵
少女们轻扬的裙裾与秀发

这广大的存在，以柔克刚
随物赋形，甚至借时间之名

从岩石和天空获得形式
有次，它竟然深入我的睡眠

把一枕春梦吹散

亲爱的人儿无影无踪

更大的风起于一管笔

在纸上留下疏密相间的文字

它们对疾病无益，又不损健康

然而，白质黑章，能让

山河破碎，让后宫中的皇帝

换上新装

一九九三年九月十七日，一稿于成都白果林小区

一九九四年五月三十一日，二稿于成都双林小区

东郊的雪

这是怎样的一场雪

怎样的不同于以往的经验

不同于我亲眼目睹，或

描述过的任何一场雪

临近正午时分，它就在东郊

菜市场上空下了起来，纷纷扬扬

（当时，我正在那儿买菜）

如此不动声色，突如其来的一场雪

最初还以为是灰尘

继而是惊喜，是莫名的忧虑

光辉的天使啊！

我并非市场街的斯宾诺莎

我只是偶尔沉思

更多的时候两眼蒙尘，埋头生活

如今，我已届而立

仿佛一生都在期待

这样一场降自经验之外的雪

是要让我领悟一位老人的死

还是一位婴儿的新生

抑或一座城市无可奈何的沉沦

一九九四年一月十八日，成都双林小区

一次平常的旅行或臆想的私奔

这就是现实。生活猛然把你推上一列火车
汽笛长鸣！来不及思考，列车启动了——
驶出成都北站，向北，向北
开往中原，开往古中国的腹地

烟囱林立的工厂，丰收后寂静的田野
城镇、乡村，山峦起伏，河水东流
广大的祖国迎面而来，又同丈夫
和女儿一道转瞬即逝

青莲居士早已仗剑出川，又乘鹤远去
窦圌山上，谁在把酒吟风
列车驶过江油，有如时代的速度
并非人人向往，但却身不由己

身体里的夏天在燃烧，你，卓文君的同乡
第一次单身出远门，"哎，私奔多好！"
你闭上眼睛，忍住泪水
"谁是相如，谁与我同奏一曲《凤求凰》？"

硬卧车厢里飘荡着水果的芳香

"小姐，请吃苹果。"

陌生的声音仿佛来自天堂

你睁开眼睛，他是谁？

.

商人？大学生？公务员？身着便装的军人？

他的目光祥和，话语亲切

手中的苹果唤醒你巨大的渴意

"我是山东人，来四川出差。"

列车以青春的加速度前进

天色向晚，车过秦岭

广大的群山被黑夜吞没

只有你和他醒着，只有列车行进着

你们的话匣渐渐打开，寂寞的

旅途，硬卧车厢里两个上铺的男女

偶然就是生活的哲学

它解释着一切：青梅竹马或萍水相逢

如此偶然的邂逅，并非遭遇激情
人在旅途，他乡遇故知
宛如前世的恋人，你们不问对方的名字
今生只此一面，而心有灵犀

"姐姐来接你吗？"他焦急万分
夜色继续暗下去，郑州车站到了
"姐姐来了。啊，那是姐姐！"
你向他伸出手，眼含热泪，下了火车

文君井。一个雨后的下午
你向我静静地诉说着这一切
回忆中平常的旅行
交叉着四川与山东，卓文君与孔子

一九九五年十一月五日，成都肖家河小区

274

祖国与焱之书

——同一事件的三种文本阐释

焱

这是一个萍水相逢的女孩的名字，这名字由火焰编织而成。当我写下这个汉字，立刻意识到她来自我遥远的童年的梦幻。她"未被青春时光中众多的提前量允诺／她没有取消，但一再推迟"（《坚持》）。她一直被我想象的柴火喂养，又被世俗生活的灰烬小心珍藏。那一夜，是不是这盏小小的灯，让我在盲目的青春密林中迷途知返。那年中秋，当我在月光下的沙滩上写下这名字，并反复默念，平静的生活顿时恰到好处地掀起了一场风暴。而那一年冬天，我一次次在无眠的寒冷的午夜，把手伸向她，用她取暖。夏天将逝，"乡村之路送我回家"，在通往故乡的公路上，一辆半新半旧的客车忍受了巨大的渴意，已义无返顾地驶过而立之年，却又再次遭遇激情。

这是一个命中注定要相识的女孩的名字，这穿过青春的开阔地，不断涌现，持续到达的名字全部由火焰组成。火焰的中心是寂静，是一片早已陌生又似曾相识的似水柔情。因此，我接受了她同时带来的全部暖意和渴意。

血液的迷宫

带着你名字的三把火，焱
又启程了，从成都到蒲江
再到血脉相连的邛崃
这是你每周必修的功课
"啊，这温暖的循环小数！"

落日铺展着古老的乡愁
你将收获这贫穷的黄金
坚持自己的饥饿，在一片温饱之中
笛福。注定漂泊的星期五
一只候鸟驶向宿命的南方

客车行进着，向南、向南……
以爱情的加速度抵达爱情
以亲情的加速度抵达亲情
我是你未曾允诺的同谋
多少次，穿行于这血液编织的迷宫
你拥有的骄傲，我也曾经拥有

圣梯

"人类一思考，上帝就发笑。"假如人一旦在心头萌发浓浓的爱意呢？这爱对故土，同时又对他乡；对一个人，同时又对世间万物；对天堂，同时又对地狱。那又如何呢？上帝还会发笑吗？在这人欲横流、满目荒凉，远离伊甸园的滚滚红尘中，还存在真正的爱情吗？如果存在，这爱情有多重，谁能称得出这爱情的重量？他在心中不断追问，并决定重返伊甸园。他的祖先就是从那儿来的，那儿才是他真正的老家。他不止一次梦见它，梦见那里的一山一水，一草一木。梦见清风拂过湖面，百花在雨露中盛开……小时候，爷爷告诉他，他们家族是"湖广填四川"时，从江西迁来四川的。那里后来发生过一次武装起义，诞生了一支打遍天下无敌手的红色军队。爷爷当时已八十高龄，爷爷老眼昏花，肯定记错了。但回乡之路实在太漫长，太艰辛。能重新返回伊甸园吗？

上帝说：你要摒除一切智慧，打破你身上足以令"泰坦尼克号"沉没的智性坚冰，杀死你头脑里的菲利曼[①]。于是，

---

① 菲利曼：心理学家荣格幻想的一个老人意象。他代表高超的洞察力，对荣格而言，他就是一位无所不知的上师。

他马上就点燃火柴，焚烧了自己苦心收藏的近万册书籍；焚烧了所有的手稿，除了写给她的几首完整的忧郁的诗篇，以及一些零散的不成篇的断章；砸毁了电脑、电视机、收录机、VCD光盘和音乐磁带；砸毁了所有的毛笔、钢笔、铅笔、圆珠笔、水彩笔；摒除了三十五年来在书本和世俗生活中汲取的全部智慧，并毫不留情地杀死了菲利曼。

上帝说：你要把眼睛闭上。于是，他没有半点犹豫，便用大头针刺瞎了自己清澈如水的双眼。这样，光明就不会再打扰他，让他分心分神，三心二意；这样，所有图书馆和书就只能同时构成对他的绝妙嘲讽。就像阿根廷国立图书馆馆长、那位反复歌咏着既是艺术的虚构，又是大地上行走的众生中的生命，却不无遗憾地不在他诗中的"另一只老虎"的博尔赫斯。这位盲诗人是如此钟情于老虎，钟情于它身上古老华美的条纹，这条纹或许能给他带来另一种光明。这条纹对于博尔赫斯，犹如曼荼罗①的花纹对于荣格。曼荼罗是一种幽居于人类心灵深处的古老意象，这种意象自发地呈现，并表现为不同的形式。它象征着潜在的统一中现象世界的多样性，代表了不朽精神的永恒再创

---

① 曼荼罗：梵文单词，指"圆圈"，一种富有象征性的方和圆的形式。

造。它是所有道路的开拓者，是通向中心、个性的秘密途径；是荣格在与自己心灵深处黑暗的无意识孤军奋战了整整六年之后，心中涌现出的第一线微弱的光明。这光明让他发现了人类的集体无意识，并拓展了他的自性[①]与原型[②]概念。光辉的老虎！伟大的曼荼罗！

巴比塔终因人类的自私与狭隘，以及人类之间的难以沟通，半途而废，没有建成。因此，爱情是通往伊甸园惟一不朽的圣梯。上帝捉弄了通天之塔的建造者。这些自以为聪明的人，他们没有找到这惟一的"芝麻"。圣梯出现了！然而，谁是这咒语般的圣梯的守护人呢？上帝说：是那个手擎火炬的人，是盗取天火的普罗米修斯，爱琴海岸边的女神，雪域高原上采集亚运圣火的达娃央宗，更是那位名字带火的美少女张焱。人类在她的故乡最早发现了天然气。她来自天府之国的临邛。她在那儿出生、长大，送走了她的童年和少年，如今，像一棵玉米，亭亭玉立在自己的青春里，健康、向上，满怀丰收的果实。她本身就是一团火，一口能喷火的天然气井。因此，她荣膺圣梯的守护人当之无愧。

---

① 自性（self）：人格的中心，整体的象征，倾向和意义的源泉；心理发展的顶点。
② 原型（archetypes）：集体无意识的内容；原始意象，象征形成的结构，它在人类历史中反复出现。

"她没有名气。"不知从哪里蹿出一只饶舌的乌鸦。上帝反驳道:"我要让无名的有名。在你们乌鸦国,论资排辈不也过时了吗?在我看来,点石成金不过是江湖术士的雕虫小技,何况她本身就是金子。"她是自信的。上帝的一番话激励着这位美少女。

她名字中的三把火早已张弓搭箭,整装待发,分别对应三道门:真、善、美,并将一一把守它们。而她自己则身着素衣,静若处子,像一朵盛开在初春的玉兰花,若有所思地把守着那最后的一扇门:爱情。她是那样忠于职守,尽心尽责。通过这最后的一扇门,就能踏上通往伊甸园的圣梯。谁能通过这扇门呢?谁能通过她艰深的考试?他要澄清巴比塔带给人类的全部混乱的痛苦,排除一切杂念,保持内心的纯真。他披肝沥胆,筚路蓝缕,一一通过了前面三道门。他高高地举着她名字中的三把火,真善美一下子照彻他的内心。他的心纤尘不染,通体透明。他来到圣梯脚下,来到那最后的爱情之门前。通过这爱情之门,不能动歪脑筋,不能仰仗智慧,只能用心。凡心。圣心。爱心。向道之心。这位男子汉大丈夫,他的双目已经完全失明,盲目的荷马,盲目的弥尔顿,盲目的阿炳,盲目的博尔赫斯……这些伟大的前辈引领着他,他走到门前,在内心的感召下，双膝跪地。他的膝盖在大理石阶上磕出了血。殷红的玫瑰。这并非疯狂之举，这举动也并非有失尊严，这是通过爱情之门必修的神圣的功课。不同于他的祖国眼下实行的九年制义务教育。这谦卑、守拙，忝居诗人行列的人，他向她勇敢地报上自己的名字。他木质的姓氏正好能被她带火的名字点燃。他的姓氏是她的名字的粮仓，能源源不断地给她的名字提供精神和物质的食粮。他的姓氏因强烈燃烧，水分早已流尽，变得非常干燥。他的姓氏遇火即燃，本身就是一团隐在的火。他被她彻底点燃了。这宿命的火啊！让凤凰再生，让金子重现。他的姓氏在风中飘荡，风助火势，他在熊熊地燃烧。他要通过她严厉、苛刻的考试，通过这爱情之门，踏上那通天之梯，重返伊甸园，重返故乡，重返他心中惟一的光明和圣地。

一九九七年七月二十五日，二稿于成都肖家河小区

躯体的智慧

什么时候，淋巴放弃了攀登

当衰老从脚下袭来

脂肪的篝火熄灭

肌肉解除了自己的武装

心脏的鼓放慢了敲击

动脉、静脉

大海融入江河，江河融入小溪

玫瑰，一年一度凋谢

广大的平原上，青春在挥手，在谢幕

自尊的腰，不屈不挠的肾

一切欲望归于寂静

而沉睡的智慧即将苏醒

随时间登场。啊，严厉的

生活的导师

从肉体到肉体，从心灵到心灵

神圣的无知教导了我们

一九九七年八月，成都肖家河小区

黑夜之书·星宿

持续到来的黎明被咖啡一再推迟

谁顶着一头中分的发，独坐桌前

一盏孤灯支撑着黑夜，热烈的

汉字迟疑着，继而坚定不移，在稿笺上

生长出乡愁，背叛，石头和爱情

一夜牙痛，诗歌中分行的青春

偏头痛，心绞痛。啊，再痛一点

就能抵达她恍若隔世的初夜，以及

寂寞燃烧的星宿下

一个少女无助的情怀

仿佛两条河流之间的一片

森林，黑夜正盲目地拓展

谁分享了她的第一夜

让狮子涉过河流，背叛森林

孤独地上升至星宿的高度

一九九七年八月，成都肖家河小区

泪水

已经有六个夜晚被泪水淹没
爱人啊——
在第七夜，离别之夜
请止住你的泪水
请快上前来搭救你的方舟
啊，泪水太多，海水太少

一九九七年十二月，成都肖家河小区

小丑

一千个恶作剧为她准备了一千个
马戏团。她任意差遣那些小丑。
"他们登场了。"她说,"笑吧——
微笑,咧嘴笑,哈哈大笑……
直到笑出泪,笑出生活的酸楚;
直到冬天,你的鼻子也被冻得通红。"

一九九八年六月十三日,成都肖家河小区

长途客车

车厢里，一对男女在众人面前

展示他们爱情的午餐

多么丰盛的筵席——

他的挑逗，她的狂喜与尖叫

变形的脸，零乱的头发

渐渐倾斜的身体

引来无数惊诧的目光

他们身后一个男孩满脸羞怯

心跳加速，怀中的野兔骤然苏醒

正午的风，正午的乌鸦

青春扑面而来，不容回避

他把脸转向窗外

这个夏天，他渴望长大

而炉中的钢铁已然炼成

一九九八年七月，成都肖家河小区

归还

把雪归还给冬天
把绿洲归还给沙漠
把泪水归还给大海
把精神归还给精神病人

一九九八年八月十三日，成都中央花园

圣诞夜

即使我停止追问，绕过

所有的各各他^①，也弄不明白

耶稣为什么要在今夜降生

即使一百个夏天联袂而来

也驱不散这个夜晚的寒冷

人类的冬天，掩耳盗铃的冬天

积雪覆盖了所有的道路

并在每一个驿站散布着谎言

降生吧，耶稣。今夜——

我们拒绝了美人鱼故乡的小女孩手中的火柴

拒绝了微暗的爱心，最后的拯救

我们将席梦思留给自己

为你准备好了马槽，在伯利恒

今夜，雪花飘落，天堂下降

即使你上升到十字架的高度

---

① 各各他（Golgotha）：传说为古代犹太人的刑场，位于耶路撒冷西北部的一座小山上。
《新约·福音书》称耶稣被钉十字架死于该地。

也不能阻止人类的堕落

平安夜，何曾有过安宁之夜

麻将的夜晚，艾滋病的夜晚

万有引力与杀人越货的夜晚

雪一样贫血的夜晚

呼啸着诗歌的血色素

　　一九九八年十二月二十五日，成都肖家河小区

无题

思念挥霍着我的生命

光阴一寸寸流逝

在一个名字的引领下，星光照耀着

一九九八年的所有夜晚

一九九八年十二月三十一日，一稿于成都肖家河小区

一九九九年三月三日，二稿于成都中央花园

露天电影院

夏天，银幕上异国情侣在接吻
忙碌了一天的大人们神情专注
而银幕的背面，孩子们仰望着
葡萄般璀璨的星空
在库尔勒，一颗流星引领他们
慢慢长大

社区的丧事

死者打扰了生者
热闹的丧事打扰了清静的
居家之地。让社区的一角
成为身着盛装的节日

它拒绝狂欢。红白喜事
家属们佩戴黑纱，像足球场上的队长
调度着前来悼念的亲朋友邻
握手与慰唁。香烟、瓜子、水果、糖……

啊，一切都在世俗的法度下
进行，彬彬有礼，井然有序
香烛与祭品前的遗像
这不动声色的教练指挥若定

花圈，让死亡成为一个人
圆满的结局。死者安息了吗?
在他死亡的第一夜。通宵达旦的
麻将，让守灵人成为非在之在

接着是第二夜。荒诞的游戏

更多的生者被热闹困扰

惊惧、疲惫，难以入睡

在社区的一角，在梦的尽头

一九九八年五月二十二日，成都肖家河小区

诗艺

有一册书不经意地翻阅

我倾心于书页间投下的阴影

那温柔，那神秘，那尽情铺展的夜色

有一朵玫瑰离开了枝头

有一行诗被最终删去

在你心中，我是否会重复同样的命运

有一句话欲说还休

有一段往事已被遗忘

我们能否再次重温

有一面镜子永不会打碎

如今，我苦心打磨

早已委身于这一古老的技艺

有一滴泪水需要珍藏

有一个名字需要捍卫

那纯真，那激情，那世代相传的火种

　　一九九八年六月十八日，初稿于成都肖家河小区

　　一九九九年一月十一日，再稿于成都肖家河小区

远方

在远方，大海是一只乙烷打火机
点燃十七岁少年兰波的激情

在远方，凡·高举着他的耳朵
大声喊道："世界，你是聋子！"

在远方，森林是一部神话，玛雅人在那里
创造了玛雅历，又神秘地返回太空

在远方，博尔赫斯如愿以偿，拥有一座图书馆
而一根东方手杖及时指出了他的贪婪

在远方，比萨斜塔欲倒未倒
而巴比塔纠正了人类的雄心

一九九九年二月二十三日，再稿于成都中央花园

月亮

月亮，祖先的白骨

乡愁的后花园

照亮式微的家族

也照亮寂静的回乡之路

月亮，欲望的盐

无穷无尽的裂帛

让初恋的伤口隐隐作痛

也让千篇一律的夜生活不同凡响

月亮，古老的护身符

镜中永不言败的匕首

捍卫远方的情人

也捍卫内心的纯洁

月亮，幸福的谷仓

让灵魂出窍的陈年佳酿

慰藉离愁别绪

也慰藉绝望的爱情

七月，一盏明月穿透黑暗

佛陀悟道，我仅此写下这些

第四辑

———

一九八〇年代诗选

冬夜（一）

红烛固执地点燃了夜

心形的烛光摇曳着相思

摇曳着缤纷的往事

温暖的往事从远方走来

渐渐融化的别离

如一片薄薄的雪花

雪花漫天开放

鸟儿们的梦被冻僵

即使灰色的锁链布满天空

我的心仍将飞向你

一九八三年十一月三日至八日，邛崃外城西

古寺的春天

弄不清风是怎样吹的

弄不清春天是怎样来的

反正房檐上的铃铛响成瓦棱上点点摇曳的小野花了

反正院门深锁的古寺绣满令人神魂颠倒的芬芳了

春天是一场不大不小的感冒

春天是一场不大不小的地震

都知道春天会带来致命的乡愁

老和尚在暖阳下翻晒自己的心事

小和尚在暖阳下寻找自己的影子

都知道春天会带来致命的乡愁

大雁去了又来了在头顶写美丽的十四行

老和尚用目光轻轻擦拭风铃的锈

小和尚用目光使劲推那堵爬满枯藤的墙

大雁去了又来了在头顶写美丽的十四行

老和尚在梦中翻身翻身始终没有去掉身上的袈裟

小和尚在梦中翻身翻身始终没有去掉身上的袈裟

但春天毕竟来过寺院了

但寺院毕竟因春天有过一场不大不小的骚动了

一九八四年春，邛崃外城西

冬夜（二）

星星像熟透的果子凋落

月亮飘坠如最后一片枯叶

天空之树光秃秃的

几枝向上的枝桠

努力支撑着记忆，这是冬天

温柔的时间和花朵一起凋谢

白毛风无牵无挂地穿行

思念者的影子在午夜的灯下摇曳

一寸寸固执地丈量着别离

影子是不会结冰的

笔管里的夏天渐渐融化黑夜

而心粲然升上无月的天空

照亮等待，照亮

冰雪覆盖的岁月

一九八四年十二月三十日，邛崃外城西

众妙之门（组诗）

秋天

庄子说不清楚是自己还是一只蝴蝶。

——题记

珍藏好云朵的裙子

天空干干净净

想自己的心事

追赶她的夏天少年

在远处跑累了

躺了下来

一片落叶珍藏起他

火热的目光

而她的青春

怎么也珍藏不好

她的胸脯发育得丰满

在她眸子里散步

踏着干净的落叶

我忽然想起

我就是那位少年

一九八五年九月十六日，邛崃外城西

静觉

倾斜，或者保持平衡。
　　　　　——题记

钟声在远处开得灿烂
他的手指栖息在日历的帆上
一动不动

他的眸子浸在正午的茶里
渐渐发涩
黄昏走过来告诉他
夜里，一切都是黑的

他把一颗种子
很响地播在你的额上
然后看烟圈扩散成记忆

风的步子很快

他的嘴唇在慢慢丢失

你听着，他会用体温告诉你

一切都保存得很好

一九八五年九月十七日，邛崃外城西

选择

你至少要失眠一次。

——题记

他的心中

交织着一万条道路

最后只有一条道路

他的心中

栖息着一万只鸟儿

最后只有一只鸟儿

且听它单调的歌唱

他的心中
簇拥着一万种归宿
最后只有一种归宿

他的心中
盛满柔软的海水
最后只有一滴海水
且结晶成盐

一九八五年九月二十日，邛崃外城西

裸树

裸在自己之内，又裸在自己之外。

——题记

脱下最后一片黄叶
如吐出最后一声叹息
那棵树裸得灿烂

裸给雾霭里的地平线看

裸给自己看

诗中夏天的森林里

他曾有过一次美丽的迷失

为了采摘那朵

亚热带的微笑

夏天去远方流浪了

带走所有的绿叶

那棵树裸得美丽

裸在天空的眸子里

裸在自己之中

秋天黄昏

钟声在远处响过之后

一对情侣来到这里

寻找着一片浓荫

一九八五年十月二日，邛崃外城西

中秋夜

你在自己之内，又在自己之外。

——题记

黄昏悄然而动
与痛苦合谋的夜来临
他用手指抚摸遥远的梦境
宁静的月光层层涌入窗棂
在他心底泛起可怕的波涛
那个时辰巨大无边
回忆将他慢慢吞噬

他沉醉在自己酿造的酒里
酒的气息弥漫整个传统的夜
月光浸透有毒的酒精
天上人间充满了醉意
那个时辰渐渐走进他的心里
他再分不清是自己还是遥远的梦境
他把别离醉成了团聚

一九八五年十月四日，邛崃外城西

金币

醒着，或者梦着，你的灵魂和肉体都渴望与自然同步。

——题记

阳光被树枝筛得好听

那些金币叮当作响

站着或者坐下

他心中的金币叮当作响

往事叮当作响

一点点被血液擦亮

被正午偷听

一点点涌出喉咙

浸入笔管

无声无息

雁们来了又去了

无声无息

秋天飘在空中

风把它爱得灿烂

一九八五年十月十七日，邛崃外城西

玻板

传说耶和华曾对亚伯拉罕说:"如果不是由于我的缘故,你就根本不存在!""是的,我知道。"亚伯拉罕回答道,"但是,如果不是因为我的缘故,你也不会被知道。"

——题记

它纹丝不动

展现在眼前

它周身冰凉

展现在眼前

它想起一小块湖泊

鱼儿游得正欢

它养活不了鱼儿

它在你心中游泳

你心中的涟漪层层扩展

回忆或遐想

莫名的情感层层扩展

你两眼发烫

你正酝酿一场风暴

窗外，掠过一声鸟啼

诗说一叶知秋

它的体温渐渐升高

你心中的风暴不大不小

一九八五年十月二十二日，邛崃外城西

叶子

你是谁？你从哪里来？你到哪里去？

　　　　　　　　——题记

在树枝上待久了

你会想起土地

心底会升起莫名的愁云

风一点点偷走了你的青春

阳光一点点偷走了你的青春

你的泪水金黄

你的情感蜷曲

土地永不蜷曲

土地是另一种叶子

它的目光深沉

它的情感宽广

叶脉似的道路通往所有地方

你在树枝上待久了

就到这片叶子上走走吧

一九八五年十月二十三日，邛崃外城西

树桩

各拉丹冬流水，潺潺如梦

——黎正光《雪峰》

他手里的酒

不知和谁对饮

他手里的酒

颤颤巍巍成黄昏

他在酒中醒着

靠着你接近自己

他在酒中醒着

靠着你倾听

夕阳幽咽的琴声

你也醒着

在老人的体温里

渐渐走动

那根手杖醒着

一切在杯底沉淀

一九八五年十月三十日，邛崃外城西

酒

仿佛已走了很远很远

谁知又回到最初出发的地方

——舒婷《还乡》

树枝把天空描得清秀

水墨的夜

被虫儿唱得静美

你离家久了

会觉得自己在渐渐丢失

会拿起杯盏

把自己斟得满满

和李白的月对饮

把时间扔开

或者干脆一口饮尽

你站着别动

在无声的波涛中

让那双手把你摸成男子

一九八五年十月三十一日，邛崃外城西

日记二则

某年某月某日晴

天空撤除了栅栏
使所有的仰望幽深如梦

目光栖息的小路尽头
长者的手杖叩响太阳
叩响悬浮于天空的心事
而老树寂然不动
一只忘却双翅的飞鸟寂然不动

……牧笛划破辽阔的正午
峭壁渐渐松软
远处，雪山的乳峰唤醒另一条河流

某年某月某日雪

天空的心事片片飘落
老树上，凝望已久的大鸦黑羽丰满
冬天是另一场寻根

精液覆盖母性的土地

返回缄默的子宫

所有的生命再次孕育

注定有一些灵魂要悄悄离去

我也会踏上幽寂的小路

在铜鼓敲响之前

唤醒麻木的星群

点燃最后苍茫的白夜

一九八五年十二月，邛崃外城西

独白，或写给友人的诗

一

往事如一匹孤独的狼

出没于子夜的荒野

冷冷的鹰啸掠过

一种呼唤浸透水意

像远古的陶罐怀抱苔藓

披草求君

经由失眠的目光被泪水固定

被一段离情化作纯粹的期待

而四壁生辉

台灯在拧亮之后

摊开深深的白夜

二

整个季节被落日渲染

被古老的祝福化为又一次焚纸的日期

黄叶飘零

你的背影同陶碑重叠以后

从远处走来的日子便轻盈如雪

在傍水的石凳上坐下

两杯清茶打开宁静的天空

你说：有重逢就有离别

冬天的枝头上梅花悠然开放

一声鸟啼从篁林深处带来春意

带来每一个晴朗的寂寞

我将面对同一片风景

聚首为朋。点点灯火如梦

三

伴我走过一段黑暗之后

你默默摊开手掌中的黎明

并以肯定的目光暗示一种存在

在飘零的季节尽头

而枯叶簇拥的病果

泄露了秋天的秘密

你说，星星是可以触及的
置身于漫长的孤独
以茶代酒，对酒当歌
一支烟点燃等待
点燃视野里宁静的黄昏

那么，你将如期归来
以久逝的亲切叩响门前的石阶
在另一张藤椅上诉说
欣然面对敞开的窗户
看飞鸟带走最后的晚钟

四

可以在冬天的夜里
将痛苦向友人敞开
可以静静地诉说
让冰结的心松动如春天的泥土

时间的背后

鸟儿飞起飞落

泉水漫过脚踝就漫过了内心

在一次敞开之后

孤独便成为一种亲切

一种幸福的独白

那么，我将长久地期待

伫立于自己的中央

面对一大片白色的季节

说雪落无声

说此情悠悠

五

雪野上，红狸是一簇季节外的火焰

守望着悠远的宁静

风暴过去之后

寒梅暗生

插花之手从冬天的背后围来

我将倚门等候所有的归人

让寂寞拉开长冬

让每一次远望注满深情的期待

孤独的日子里

把每一声鸟语当作问候

当作源头的水声

每一朵浮云如梦，如摇曳的手绢

清风中黄叶飘下

便有以心相倾的朋友如期而至

被遗忘的谷物（组诗选四）

被遗忘的谷物

被遗忘的谷物
一如被遗忘的人
在岁月的彼端依然生长
颗粒饱满，唤醒我的记忆
"五谷六仞兮，设菰粱只。"
麻或瞿麦的芬芳至今环绕着我
祖先在远处种下他们的儿孙
通体燃烧的血液至今烤灼着我

被遗忘的谷物
一如被遗忘的人
在岁月的彼端
始终保持对土地的深情
我长久地品尝着它们
像品尝远逝的爱情
时间倒悬如铜镜
祖先依稀的面容便常常忆起

落草

那么，我将落草
脱下御寒的羊皮和书卷
在人民心上扎根，长久居住
任风吹布衫
任雨打茅屋
汲水、淘米、劈柴
以薯充饥
无论蒙受何种苦难
同土地一道沉沦
保存最初的歌谣
让无人问津的荒冢
一年一度开满白花
开满古老的祝福
山客们驮着货物来来去去
我，或许就是其中的某条汉子

布匹、小麦和盐

用一头山羊换几尺布

又用几块天麻换一袋麦种和盐

我以布取暖

度过了整整一个冬天

狩猎的季节

木质的房里便挂满了猎物

而在春天的夜晚

我听见小麦生长的声音

山谷里弥漫着有形无骸的雾

祖先们乘风归来

我吹响牛角，吹响天空和村庄

早饭的时候，女人从瓦罐里

取出一些腌制的蔬菜

月牙村之夜

膝盖诞生的时候

已经是黄昏

赶了一会儿路

天就黑了

最后，我来到月牙村

淳朴的村民们

忙着单调的活计

不在乎陌生的客人

是投宿还是打这儿经过

寂静的小村庄

偶尔有几声犬吠

老人们围着篝火

围着长长的冬夜

钟声响过之后

开始诉说各自的心事

第一位诉说女人

诉说他的老伴

第二位诉说水

诉说祖先的陶罐

第三位诉说斧子

诉说那个伐木者

……

最后，我围了上去

在月亮隐进云层时

开始诉说自己

中国的风水（组诗）

几种古代的草木鱼虫

在先人的书里苦苦寻找

几种古代的草木鱼虫

来去无踪

一直折磨着我

几种古代的草木鱼虫

在先人的书里

静静生长、爬行和悠游

几种古代的草木鱼虫

上天入地，无影无踪

思念它们如思念旧日的情人

当第一只鱼渴死于水中

这个星球就有了沙漠

森林大片大片远去

像一些出海的帆

无影无踪

秋夜里，虫声疏落

我始终只有几个朋友

原子弹炸出更多的人类

我始终只有几个朋友

几种古代的草木鱼虫

上天入地，无影无踪

思念它们如思念我的前生

告诉渊明，我肾虚

水土大量流失

篱前菊花凋落

而几种古代的草木鱼虫

像最后几道中国药膳

在先人的书里

滋阴补阳

一九八七年十一月十三日，邛崃外城西

中国的风水

秋水洞开所有的肾门

菊花满篱

渊明一直在耕种丹田

故土膏腴，五斗米之外

小麦的长势良好

坐忘于山水乡情

养育，或者劳作

中国的风水呈大吉之象

读过《庄子》之后

一个人的死就是一只昆虫的死

轻盈如化蝶

月亮死于中秋

死于中国人执着的怀想

李白祭月归来

带来故乡的消息

父老们携儿带女

向苍天祈求来年的收成

南方，或者北方

中国的风水呈大吉之象

当你离去

中国的风水依然流转

以某种安慰，一年一度

为你悬挂二十四个节气

询问

询问你的事不要告诉任何人

那天，鸟儿在歌唱

桦树斑斓，像裹着一张张虎皮

日轮倒映在水里

成了双生

这就是我问话的背景

我把手伸向你

伸向北方的水罐

询问果实，也询问花期

雪在远方融化

带来仇恨，也带来爱情

那天，鸟儿在歌唱

我把手伸向你

询问死亡，也询问出生

雪在远方融化

带来遗嘱，也带来胎记

询问你的事可以告诉任何人

树上的人

树上摘果的人

又在树上弈棋，独自厮杀

刀光剑影，而鼓声哑然

他抬头守望遥远的过去

就像篱笆守望着篁林

手持祖传的瓦罐

茶水清洗余生和内景

他早年充军，南征北战

后来就做了安分的草民

点燃烟叶

长久的俯瞰使他成为鸟

胸脯朝下，逼视死亡

逼视草木枯荣的家园

日子滑过朱红的屋檐

千年的老井活水幽幽

他的女人独坐窗前

想起树上的人，目光炯然

窗外，一夜大雪覆盖了黑棺……

书生

很久了，你闭门读书

家传的善本灯火闪烁

古道上，将军策马还乡

淡泊的林中

高人饮酒，弈棋

刀光剑影，落子如飞

砍伤彼此的功名

闭目内视

先人的业绩源于无为

很久了，你闭门读书

风湿告诉你户外的天气

夏日的雷声远去

一阵细雨之后

庭园内外，万景清明

推开房门和心境

你步态端庄，两袖生风

几朵腊梅傲然于冬天的枝头

很久了，你闭门读书

囊中，银两拮据

你打消远游，喃喃自语

与一山对应

就与万山对应

打开一水之门

就打开了众水之门

从此，你乐于一方水土

小儿夜哭

小儿夜哭，请君念读。

若儿不哭，谢君万福。

      ——民谣《夜啼关》

你在兔年娶妻

又在龙年得子

人丁兴旺

一个家庭水到渠成

所谓飞龙在天

不过是《周易》里的爻辞

父子相克

百日关难过

你儿夜夜啼哭

声如利剑，磨亮夜晚

直刺你的脏腑

你四处求医

先生一一摇头

整个城市无药可救

但见老墙上

"小儿夜哭……"历历在目

你灵机一动

心怀感激，笔走龙蛇

一夜之间，大红的《夜啼关》

贴遍了全城……

将军

美人睡眠如水

隔夜的厢房里琴声如水

漫过长廊和石阶

漫过你空旷的内心

月色朦胧

庭园深处，剑气与花气浮动

你两臂生风

挥剑如袖

秋天就有了无边的落木

落木萧萧

即使马革裹尸

一声长啸，浩然于疆场

远处，烽火连天

一轮落日倒悬所有的季节

祭祖

在祖父的坟前抚琴

饮酒。大块大块食肉

清明之雨潇潇而下

大醉中，桃花盛开

那一次逃学又历历在目

你俭朴的一生如一抔黄土

弟子们纷纷远去

如今，坟头野草萋萋

一日三餐，我也长大成人

娶妻。为你添了又一个曾孙

那把私塾的戒尺

早已冰冻三尺

蒙上岁月的灰尘

——抚摸你简单的教诲

至今温暖着我的脊背

　　一九八七年十二月至一九八八年三月，古城临邛

水日

（鱼凫·选章）

水气胜，故其色尚黑、其事则水。水气至而不知，数备，将徙于土。

——《吕氏春秋·应同》

一

只有一种存在君临于万物之上。

天空一被放牧就是羽毛。铅云如诉。乌木的眸子反射占卜的时辰。在蓍草上舞蹈，在龟甲上刻下爱情，祖先潮湿的姓氏挂满嘴唇。每个正月初七开满白花，成朗朗的人日。灵魂聚集如火，一团星光如一团白昼，日子黯淡时重返子宫。

我看见星星的脐眼闪烁在夜的腹部，月亮的银须抚摸着十五日的青铜，抚摸着手持水罐的女人。

我看见她们依山谷而居、积木为室，竹笕分泉。体内体外的爱情奉献给苦难的诗人，在胸脯上建立家园，让摇晃的岁月成为秩序的钟，乳房充满温柔的风暴。

我看见风湿的诗人如花开放，石头如花开放，浸透黑夜的灵感同时黯淡九个太阳，五行生辉。

二

许多日子在胸前打结成心事。

男人如水在土地上流浪，在午夜敲响月亮的霜钟。依树积木，席地而居。一只蟾蜍从体内爬出，掩埋了时间。浅黑人把歌声涂在夜的脊背。亮蛇舞动成白昼，祭龟缓缓而行，驮着日环。颗粒饱满的小麦在正午悄然成熟。

出生之日。婚嫁之日。丧葬之日。

我看见母羊放牧在天上，浅黑人和母羊有着同一的血型，被乌云打上相同的胎记。

招魂之日。播种之日。雄鸡如洪脉啼于屋梁之日。

我看见春天的小小乳房在如水的火中炸裂，农具缠满稻香，缠满日出而作，日入而息的目光。秋天中的秋天高悬于果实之上。梅瓶旋转于冬日，插花之手从季节的背后围来，浅黑人临窗如临盛夏。

三

靠近十月，覆舟之水温柔如家。浅黑人临水自恋，头颅如孤崖耸立于季节之外，重量之外。移山为岛，沉木为舟，时间的树穴里歌手如云。有地籁逝为阴石之泉，其声幽碧。
石窗洞开，禅鸦当空，寂静中的寂静使盲鼓成为无音之音。
至阴之气自水而来，穿荡如舟。
果实傲然无枝，漠视时间的荒芜。

四

鸟声使天空轻盈，使秋叶垂落心事。洪水过后，陶罐中的
月轮晃成精液，黑发如火的少女结草为扇，临水自孕。
大盆地缓缓摊开我的生日，木质的姓氏逆水西涉，在源头
遁迹为鸟，倚梦而歌。仰之其声则旷，俯之其声则沉。曲
岸上蓍草竖立，向天为凶，倒地为吉。云翳之马侧卧西天，
两片黄昏相对而行，阴阳轮回为蛹。

五

白虎为道，岁月踽步而行。
我的父亲在桑林祈雨，在后山大块大块挖土，农历六月
二十四，丑时，掏出他温软的灾难。
我的母亲在溪边淘米，在油灯前缝补发白的心事。

我的兄弟在乱石上拉纤，在简陋的木板房里打铁，在大街深处制作荞面。

我的情人在月亮下采桑，在明前的雨露中采茶，以棕为履，栖篁为家。

浅黑人叩骨而思，而咽于白虎之前。扔掉家园，又拾起家园。石棺分阴阳为昼夜，深水无门，月魂滴落无声。

一九八七年秋，于临邛外城西

西窗人语

一

我们在诗歌之内偶然相逢

又在诗歌之外悄然离别

若栖息于根部的落叶

使秋天在萧瑟的背后保持着亲切

并以一种澄明抵达季节深处

你说，你曾无数次逃离自己

又无数次返回内心

返回最初的渴望

雪在远处覆盖了你的悲哀

泪水是一次挥洒

是一次慷慨的寂寞

你说，选择一种生活就选择了一种死亡

落花是你，流水是你

黄昏飘然带走身前身后的一切

天空挽联般低垂

倒悬所有的岁月

你的心境如一面铜镜

静静反射宁静的光辉

二

木鱼敲远了尘世的喧嚣
圣灯千年不灭
君临你，如君临轮回之夜
你说，静坐就是静守生命
面壁就是面向永恒
佛海无涯
出家之人如结庐之人
心境淡若静静的月华
你说，可以听松，听石
听高山流水
天籁、地籁、人籁……
所有的声音来自内心
来自同一个深度

那么，我将欣然而去
推开老家的门，以袖拂尘

面对最后的归宿

如面对遥远的出生

三

保持同一个姿势

若最初的渴望

在时间和轮回之外

听雨打残荷

或者忘怀于尘土

让所有的器皿盛满五谷

盛满古老的泪水

一切声音都是至朋的声音

女儿们练丝染色，穿针引线

每一个节日且歌且舞

我伫立于高丘，仰首为月

故人如期归来

芳草萋萋

荒冢插满招魂的旌幡

四

有淡日从此临门
我们心如止水
各自开一扇向南的窗户
不分昼夜，埋头读书

若江南的三月烟雨蒙蒙
遁世者纷纷离去
早已成为某种心境或风景

你说，低首抚弄的古琴是更大的沉默
窗，面光而开
所有的井掘向地心
掘向同一个深度
当黄昏从远处走来
便有一种惆怅自心底升起
若三两朵茉莉浮于水面
此时，房间里充满了茶香
我们默然而坐，空如木鱼

反复温习友情和往事

这样的日子来之不易
我们行于户外
行于城市的背面
傍晚的桥下，有老人执竿烟水

五

不要向落叶打听秋天的消息
高悬于果实之上，秋天
比流过我家门的河水还宁静
比老人的回忆还悠远

森林在远处，浸透风的遐想
使姗姗而来的冬天欲雪未雪

我请求，绕过孤独的红狸
倾听我亘古的乡愁

天空摊开了晴朗的暮色

我请求，夜晚来临

仰首为月，一颗心坐忘于玄石

六

有朋自远方来

并行于长堤小径

春秋嬗递

我们踏霜或者踏青

而在一些时间里

坐看行云流水

花开花落。夕阳如酒

临窗醉饮之后

听古琴悠悠……

风雨飘摇的夜里

我们相视以默契

并用一杯清茶

泡淡身前身后的功名

当一切从内心溢出

目光就会比血液真实

经由嘴唇的语言

已被我们深深忘却

如《论语》中所说

有朋自远方来

七

可以是月华如泻

可以是日灼如焚

四时嬗递，我们随遇而安

若深秋的落叶逐水浮沉

行歌踏月，相忘江湖

听饱经风霜的老人话沧海桑田

我们结草为庐

卜辞锲于龟骨

即使马革裹尸

也会有剑光若雪

冬天的枝头上梅花悠然开放

你说，尘内有贤者，尘外有高人

然而，一切都只是过程

有开始就有结束

当西窗之烛燃尽

我们打点铺房，静静睡去

在回顾了人生的幸福之后

欣然与草木同朽

下午的瓷（十五行组诗选）

花园和海

一支歌从忒提斯的海上飘来

那儿，海盗出没

海浪的花朵稍纵即逝

水手们臂膀赤裸，昼夜狂欢

豪饮，打翻所有的酒坛

当黎明摊开他的手掌

大地摇曳，三叶草歌唱

忒提斯走向她的海

袒露的乳房上栖息着红色的蝴蝶

此刻，你正在园子里浇水

被满园的香气缠绕

风吹过，花朵的海浪翻滚

打湿忒提斯的歌和希腊

浇花的人，整个早晨我倾向你

并且，慢慢相信奇迹

美人

樱桃含在口中

吐出果核和琐碎

美人，你话语连珠

给我带来香气和水果

内心的慌乱和秩序

窗户打开，天空涌进来

星辰和鸟儿层层叠叠

山丘被推倒，风景辽阔

美人，我的本质里

你的存在先于一切

而另一个人，她在我血液里歌唱

面容依旧，身段如初

宁静中预言了你的来临

绕过流水和落花

美人，你的到来就是你的离去

下午的瓷

风在远处的草尖上漫步

阳光俯下身子

下午的瓷温暖，蒙着灰尘

这是秋天，我坐在窗前

两眼清明，服饰干净

一心想着它

插花。盛水。饮酒

下午的瓷便安置在每个角落

各尽所能，又各怀心事

而我有瓷的质地，生性脆弱

整个下午满怀忧伤

为你写诗，或缄口不语

天色暗下来

多年后，下午的瓷打碎

以内在的和谐保持着棱角

阴历

在阴历中居住的人

以风水和节气为伴

三月，樱桃上市

他的女儿裤管高挽，下到田中

在阴历中居住的人

与农事相遇

与种子和丰收从此结缘

他从公历回到阴历

一年中便过了两次生日

这是否意味着，一个人死了

还得重新再死一次

索性离开公历，在阴历中久居

当田园荒芜

在阴历中居住的人

内心保存了草木和四季

就让那些夜晚并行于我的左右

案头，晚明的梅瓶坠地

深埋于你的胸前

我的内心如此脆弱，不堪一击

鹰需要栖息，鲸需要悠游

你让我感动于一首诗潮湿的部分

纤细的情感，以及容易衰老的肉体

艰辛或苦涩，时光流逝

通过你的眼睛我认识了黑夜

并让我懂得珍惜和缝补

懂得面对月亮和流水回忆

这些简单的事情将贯穿我的生活

就像一日三餐，置身于平凡和琐碎

秋天已过，日子寒气袭人

就让那些夜晚并行于我的左右

温暖我，伴我走完漫长的人生

怀念索德格朗

这是冬天，斗室里亮着台灯

打开一册旧书便想起你

因为更可怕的寒冷，窗外已不再飞雪

我怀念芬兰的雪

那儿，你以一种宁静接受了死亡

你短暂的一生孤独而清贫

我想起另一位诗人

智慧使他一贫如洗

亲爱的大师，你们的命运

为什么如此相似

奋力挣脱物质的围困

我将坦然面对每一个日子

从所有流逝的岁月中凸现出来

你的面容清晰，照亮我

像一团火，更像一块冰

阴天

摔碎一只瓷瓶

就结识一个内心脆弱的人

你退至居室中央

关上心境，关上土漆的门窗

层层叠叠的阴天将你包裹

他们接踵而至，久病成医

叩击你的内心，把你造访

为你抚平旧创和新伤

他们说：走出你的居室

天高云淡，大野空旷

将那些花瓣埋入土中

让她们枯萎、腐烂

离开你苍白的内心

花开花落，时间的背后

碎片簇拥着春天

请随我到一首诗中居住

请随我到一首诗中居住

那儿，事无巨细

万物平凡而简单

语言返回存在的内部

没有善恶，没有隐喻和象征

月亮就是月亮

不是情人的眼睛

也不是诗人的酒杯

河水从身旁静静淌过

风吹树叶，风吹果实和花朵

雨过天晴

仿佛熟谙的一切又那么清新

这使我想起各自的优点

需要在一首诗中慢慢发现

需要时间

梅的季节

在冬天开花，落英之后

又在春夏挂果

日出日没，果实由青转黄

并由此逼近天空

逼近一朵阴郁的云

梅，高悬于黑色的枝头

你小小的果实带来雨

带来我内心的风暴

雨水淋漓，这一切早有预谋

梅，你用心何其良苦

把我安置在家里

一连几日都不得出门

让我静坐，沉思

笔墨细腻而酣畅

南窗外，一丛幽篁挂满了雨声

深渊或九月五日祭

一个预感把我逼向深渊

孩子，你在母腹里瞬间成形

躁动，突如其来

使我和你母亲失去平衡

她苦难的身体如何承受得了你的重荷

即使我愤世嫉俗

一夜之间，胡须由黑转红

也改变不了你的命运

孩子，也许你本来就不属于我

但无论你是男是女

我都同样怀念你

让案头多籽的石榴腐烂吧

孩子，我只想拥有你

你无形的拳头给我致命一击

让我一旦面临深渊便从此面临

音乐

从嘴唇或指缝间流出

漫过长廊和石阶

音乐像月光把我沐浴

又像情人的手把我抚摸

有时，音乐是一杯隔夜的茶

让我淡泊湿润又充满渴意

是一双爪子撕扯我

让我痉挛，陷入痛苦的深渊

靠近本质的地方

音乐使我们宽容、和解

彼此亲近。更多的时候

音乐是一块背景

招招手，把我安置在家中

让我阅读、写作

宁静，返回自己的内心

果实的门

从树上摘下樱桃

置于盘中，又放在舌尖

由此品尝出一个季节的味道

它的甘美，它的娇艳

仿佛一扇门，向你敞开

引你进入春天的宫苑

雪落无声的冬天

鸟儿们硕果独存

告别飞翔，敛翅而栖

在枝蔓上一一打开自己

收割的日子，谷粒也打开自己

而你在大地上播下种子

忍受了几个季节的饥饿

在懂得了耕耘之后

果实的门灿然敞开

天体

秋风吹过窗前

醒来，临窗的玫瑰凋谢

一季花事曾盛大如火

此刻，一床琴，一支箫

绕过如花的年龄

我听见你手指的倾诉

那节奏像黑暗中抚摸我的脊背

夜色弥漫，月亮升起来

如一方浸在水里的丝绸

冰凉、忧伤

让我长久凝视，心神专注

从语言的虚妄中挣脱

遁入无边的寂静

这天体在我内心的孤独中形成

由此左右我生命的轨迹

婚姻

我熟知婚床上所有的秘密

就像熟知自己，熟知季节

或者一朵玫瑰

冬天飘雪，夏天飞花

在镜中度过许多似曾相识的日子

靠在木质的窗前

一种远离和冥想让我返回自身

而婚姻，从来没有像现在这样

令我战栗，想到使命和责任

我们策马前行

人生的驿站上相互交换了自己

当黑夜来临，用彼此的人性照亮对方

没有终点，一切永远在重新开始

明月高悬，众鸟归林

我们始终遵循的只有体内的钟声

整个冬天为我准备一把锄头

在火塘边回忆

又在落叶和寒风中竖起衣领

冬天，相同的风景装饰我的心境

手掌摊开，雪落下来

大地无声无息，洁白、轻盈

专注于内心

那儿，原野辽阔苍凉

寂静，充满了母性

鸟儿用翅膀歌唱

耕者无言，远离天空

让我懂得收割和播种

诗歌的源泉，粮食的由来

北风打碎陶碗

离开火塘，放下衣领

整个冬天为我准备一把锄头

芭蕾

那双鞋一直从冬天舞到春天

舞进洒满月光的花园，舞出银幕

那双鞋在门后哭泣

层层悲哀覆盖二次大战的伦敦

看完电影，你行色匆匆来到郊外

这是夏夜，你神情忧郁

月光中的面容多么苍白

拥有一双舞鞋，拥有一双舞鞋

最初的愿望魔力四溢

而你颀长的大腿一直在为生存奔波

为只有孩子的家庭旋转

没有舞鞋，这是你每天上演的芭蕾

我拍拍你的肩膀，不要枯坐了

时光流逝，上尉不再是上尉

战争早已结束，回家吧

大地和肉体

许多年了，我

始终在丝绸和月色中

浸淫，远离深渊

言词华丽而缥缈

渐渐遗忘了大地

遗忘了情感中最质朴的部分

以及和大地相似的肉体

情人、母亲、大腿和子宫

情欲燃烧，乳房的花朵开放

我躲在事物的背后

羞于正视，羞于为她们歌唱

如此，笔力苍白

留下一大堆貌似高雅的字句

让我沉默，孤独

反刍自己的悲哀

阅读或躬耕

在向南的窗前摊开书

一手把茶，一手握笔

或者荷锄，在田野里播种、收割

细风吹过，掀动洁白的稿笺和

汗衫，如此纯粹的姿势

足以构成这个世界

最和谐的状态

日出日没，你不能说

农夫没有阅读

书生没有躬耕

此刻，我的脸深埋于你的胸前

黑发蓬松，内心狂野

瘦削的身体孤注一掷

告诉我，在你的眼里

我是农夫还是书生

交谈

烟圈扩散，时光悄然流逝

我们相对而坐，静静交谈

目光或手势

嘴唇吐出平淡的话语

茶杯和烟缸置在我们中间

这是世界的表象

让我们肤浅、盲目

远离事物的本质

它们的背后隐藏着真实

正如我墙上的古老卦图

恰是一张遗传密码

黑夜密集，不要理会窗外的一切

台灯关上

蜡烛陪伴了我们千年

再让它继续陪伴

命中注定

这已经不再是什么奇迹，这样的事情

在那些质朴和纯洁的人们身上多次发生

他们活着或早已死去

以内心的和谐给世界建立了秩序

默想他们，我心怀感激

一个人活着不需要偶像，但不能没有榜样

而我并非仅仅仿效他们

即使在自然中也能得到同样的启示

亿万年的时光流逝

我们又怎么能用钟表的刻度来计算人生

一些人面容姣好，已经老了

一些人两鬓蒙霜，依旧年轻

我把头转向你，只是听从了体内的钟声

肉体和灵魂都不是什么不朽的东西

而我爱你，和你终身厮守，已然命中注定

风景画

我将迈然独往

尘土飞扬

离开那些光荣和梦想

返回内心，返回最初的宁静

像一个禅者生活在现代

语言装饰着我，禅心如镜

声音退回事物之中

天河辽阔，缄默

亿万年亘古未变

而耕者怡然自乐

年复一年，和土地抱作一团

傍晚的黄金里荷锄而归

家园在水边，时间流动

这样淡泊的人生

是一瞬，又是永恒

深秋里的姐妹

路上，行人渐稀

只有我臆想中的姐妹

或高处的黄叶，在眺望

这个秋天硕果累累

在田野裸露之后

因一朵菊花渐渐发白

寒风扬起单薄的衣衫

我将注定忍受饥饿

告诉你们生存的艰辛

和一些简单的道理

每棵树都是墓碑

它们向上生长，见证人类的无知

而你们依然纯真

绕过缤纷的落叶，干枯的河床

在季节深处，是我灵魂的姐妹

为自己设计的晚年

在远离物质的地方

给我预备一本书，一块石头

阅读、沉思

困倦时望望天空

碧空如洗

晴朗的寂寞漫过内心

漫过空旷的原野

鸟儿在枝头鸣唱

远方宁静。日头滑向黄昏

滑向淡泊的晚年

老伴作古，孩子们长大成人

在省城或遥远的边陲谋生

留下我独饮最后的时光

佳节一年一度

阴晴圆缺，孩子们四处围来

水

案头，一杯水完整

封闭又敞开

为我准备醉态和渴意

沙漠中有海市蜃楼

水中自有沙漠的幻影

雷声滚过，雨落下来

河流扑向宿命的东方

另一些水在树上流浪

维持着绿色和生机

春天蓬勃生长

指向天上的水和太阳

而我干燥，欲火中烧

一如诗歌平衡着物质

在这个星球，女人流淌如水

不分国籍平衡着人类

独白

就这样我接受了诗歌

接受了这个世界最初的幻象

我手把茶壶，静坐

在一张纸上反复练习死亡

或者用忙碌逃避自己

终日关注一些琐碎的人和事物

枝头的果实，鸟的羽毛

就这样，从臆想的深渊抽身而出

手指被一块薄冰烫伤

我早已习惯寒冷和火焰

漫天大雪凛然如刀

此刻，我在火塘边闭目温酒

祈祷所有远行的旅人

如果你不畏严寒，黧夜而来

我将献出全部的真诚和黄金

最后的献辞

你坐在向南的窗下

灯光开在你的脸上

我想起另一些时辰

冰凉而幽暗

这是夏天最后的日子

当蝉噪凋谢

我将忆起一阵风

或一件褪色的衬衫

风中的衬衫旗帜般轻扬

情人们走过窗前，走向旷野

我靠着黄昏眺望

久违的宁静不期而至

时光流逝，某个冬天的晚上

你是否会翻阅这些平淡的诗行

并且，被它们温暖、照亮

一九八八年八月—十一月，于邛崃外城西

汉字中居住的人

那些和我肤色相同的人

他们面容温和，心地善良

一年四季服饰干净，简单

散居八方，操着各自的方言

背负节气，埋头于农事

偶尔抬头打量天空

心里默念着收成

更多的时候，他们是一些

足不出户的书生

顶礼于古代的圣贤。怀旧

过多地把玩瓷器和丝绸

对着月亮饮酒，吟诗

用格言和绝句喂养儿孙

总的说来，他们勤苦

一旦落草便成为英雄

一九八九年五月二十四日，邛崃外城西

八月

在阴历中居住的人

日子正夜夜钟情于你

钟情于你浸在水里的丝绸

落花，以及飘散的长发

那时，丹桂正开

香气深入我们的肺腑

你走进月亮，以琴净身

秋天澄澈，清明

果实留在树上

你反复占卜，手握羽毛和蓍草

轻盈的姓氏抵达我的星辰

而深居的镜子一再离去

打开南窗，那夜的月亮

照着我们的身世

一九八九年七月四日，邛崃外城西

相依为命

当一场雨在我们之间静静落下

这是否意味着秩序

意味着某个时刻的来临

春天将谢，季节的更替中

衣锦还乡的人策马走过江南

在中国，梅花狂放了千年

我长久注目的其实就在眼前

倾心于窗外的风声

一场雨摇落一树花瓣

而你闲坐窗前，仿佛一块玉

宁静，温馨，纤尘不染

让我从意欲染指的诸多事物中

抽身离去，在阴历或一首诗中居住

与你结伴，相依为命

那儿，汉字的香泽飘溢，一如既往

天空的刺客

我所要说的其实就是闪电

《易经》中叫"震"的东西

那稍纵即逝的自然现象

此刻，我把它叫作匕首

闪电就从高处刺向我

犀利而纯粹

这样的夜里，风摇撼着树木

城镇，山峦和乡村

河床里波涛汹涌

人类像孱弱的小舟

颠簸于波涛之上

当闪电携带着雷雨和风暴

不动声色君临我们

这样的夜里，我们平心静气

闭目祈祷

一九八九年七月二十三日，邛崃外城西

纸上的中秋

——兼怀海子、一禾

环饰生者和死者

这个夏天，我所钟爱的玫瑰

已经成为一种象征，一种神圣的事物

手里的烟头熄灭

如今，我面窗而坐

缄默，早已拙于言辞和表达

远离人群和火焰

我更加怀念那些姓氏

或一张张隐匿于时间中的面孔

它们从城市的中央升起

又在城市上空浮现，逼视着我

使这个中秋惨淡如斯

树叶回到树根，鸟回到林梢

月亮无声无息

只有流水绕过家门

只有风吹拂着窗帘和稿笺

在纸上漫步，秋天空旷寂静

让我倾心于落叶、山峦和晴空

一九八九年九月十四日，中秋节，于临邛

一首与普鲁斯特有关的诗

环绕你的还有草木和四季

起伏的山峦，樱桃和流水

还有豆蔻的芳香

蜂鸟、丽日和羽毛

那时，道路簇拥，钟声悠扬

亲爱的少女

你的身体洁白颀长，尽善尽美

双手置于胸前

有如我钟爱的兰花

或一株今年夏天

我反复歌唱的玉米

那时，云雾正退向远山

阳光泻进窗棂

我打开房门

你从远处的花丛中站起

手里捧着玫瑰

这是秋天

西风吹来，言辞尖锐

大地栖满乌鸦和落叶

亲爱的少女，当时光流逝

每夜，我静观天象

细数流年和星辰

一九八九年九月二十六日，临邛月牙村

诉说

母亲，当一场风暴

在你和父亲之间骤然展开

你让我过早地断离了乳汁

品尝到人世的苦涩

有如落叶在空中旋转，舞蹈

我伸出的手在那一年的期待中成为雕塑

母亲，那夜月白风清

而丑时的血至今让我晕眩

从水到水，从火焰到火焰

你让我清白地活在世上

面对许多肮脏的事物

学会宽容和忍耐

母亲，整个秋天我安静平和

夜晚，当我远离喧嚣

被故乡的明月安顿

被一只水罐陪伴

河流就会说出它的源头

带走我一生的焦灼

母亲，除了你给我的生命

以及生命负载的情感与智慧

除了我手里的笔

以及每一个握笔的夜晚

除了对你的怅恨和眷恋

我，一无所有

一九八九年十一月十六日，临邛月牙村

事物（选章）

一

事物从广大的内部注视着我们

看我们如何混迹于时间之中

如何振振有辞

在空间里占一席之地

如何将真理或谬误

强加在它们身上。事物不为所动

它们各行其事，又一致地向上生长

其实事物本无真理或谬误可言

像广大的虚无，事物只是存在着

从不喧哗或悄声细语

千年的缄默只为了存在

不像我们话语连珠，口若悬河

二

我看见事物中的黄金

看见它们在美人的手指上闪光

在夜里化作辽远的星辰

星辰弯曲着俯向我们

像先师的遗训稀有而珍贵

河水从身旁静静流过

我看见天火、篝火、炉火

看见火炬在人类的手中传递

成为光明的象征

我看见劫难和永生

铁，磨亮的斧头

树木被人类一再砍伐

建造庙宇和宫殿

三

事物以各种形式接近我们

以香气接近我们的嗅觉

以丝绸和水接近皮肤

并让我们冷暖自知

热爱美人和花朵

月亮，以及绕过家门的流水

以木的形式和我的姓氏相遇

让我拥有春天的樱桃，秋天的芦苇

家园，轮回的四季

五

被风吹打的事物依旧是事物

完整、确定，保持着自尊

鸟，栖在树梢

月亮含在深邃的井中

去年的小麦成为此刻

我们早餐的面包，松软可口

即使雨中的花朵朝不保夕

改变的也只是事物的表象

而不是事物本身

但雨水加速了花朵内心的腐朽

这是花朵内在的本质

先于存在，为我们所忽视

其实，花朵仅仅是一个过程

一种美好事物的称谓，隐喻或象征

短暂、易朽，不可捉摸

一年一度花朵开放、凋谢

一半属于未来，一半属于过去

还有一半漂浮于时间之上

在未来与过去之间，在花朵广大的内部

保持着平衡

六

一朵玫瑰血统高贵又卑微

开在季节和空气里

被任意的手采摘

插在瓷瓶，佩在胸前

拿在手中，或弃置于路旁

一朵玫瑰从爱情和死亡中

抽身而出，被时间还原

不再是任何象征

一朵玫瑰仅仅是玫瑰

八

我看见镜子映出的全部事物

更看见镜子本身

这明亮的存在物，除了自己

在它心中一切都是幻影

就像此刻，我面前摊开的影集

那些站着或蹲着的我

铭刻着过去的时光

忧伤。沉思。踌躇满志

他们是我，又不是我

日暮时分，镜中的山脉

顺应了自然的走向

镜子在我的面前

我的背后是水，更远处是山

这些客观的物象真实、确定

通常被叫作：风景

十

一片落叶中的禅境
被我们想象、感觉、顿悟
最后成为落叶本身
与禅境和顿悟无关

这是秋天最好的见证
从虚词到实词，空中到地面
从树梢到树的根部
落叶抚慰着我们，宽容、温情
让我们坐在秋天的深处，围着篝火
歌唱寂静的大地

十三

我看见事物的正面和侧面，以及
往往为人忽视的背面
在细心观察的同时，我选择一条
通往事物内部的路

就像通往心灵的路，罗马的路

这样的路有许多条

只是没有捷径

我看见这样的事实

更多的时候，并非词不达意

而是词语被意义一再模糊

抽象、夸张、衣冠楚楚

混迹于句子之中

成为无数的词，以至

不再是那个词本身

仿佛一只象陷于众多的盲目

如今，我们要做的工作就是还原

琐碎、具体，丝丝入扣

一个诗人所能享有的幸福

光荣与梦想，权利与义务

抹去岁月蒙上的尘埃

给那些原本清白的词

平反昭雪，成为最基本的东西

衣食住行，空气、阳光和水

坚实、朴质、根本。语音和语义

担当起表述存在的重任

十五

最后，深入到语言的腹地

那儿，天空高朗，流水岑寂

人与世界相遇

短兵相接，又握手言和

我将不再隔岸观火

当昔日的城堡土崩瓦解

我要重建家园

同万物一道生长，安居乐业

剑刃或杯盏

在言辞里度过一生

一九八九年十月，初稿于临邛外城西

一九九〇年十月，修改于临邛外城西

春天十四行

一年一度东风浩大

吹得美人的长发乱飞，面颊绯红

春天里，她们花枝招展

怀抱琵琶和丝绸

而你在樱桃树下怀旧，伤春

一任腐朽的心境更加腐朽

读后主的诗

直到春水东流

五月的麦穗空空如也

直到遍地的人民揭竿而起

大好的河山破碎，改朝换代

你依旧坐在树下

一年一度东风浩大

一首诗广大无边

一九八九年十二月二十二日，邛崃外城西

图书在版编目（CIP）数据

春天的木牛流马：席永君诗选 / 席永君 著 . -- 北京 ：作家
出版社，2018.2

（中国新诗百年）

ISBN 978-7-5063-9559-5

Ⅰ . ①春… Ⅱ . ①席… Ⅲ . ①诗集 – 中国 – 当代 Ⅳ . ①I227

中国版本图书馆CIP数据核字（2017）第164676号

春天的木牛流马——席永君诗选

作　　者：	席永君
责任编辑：	懿　翎
装帧设计：	孙惟静
出版发行：	作家出版社

社　　址：北京农展馆南里10号　　　邮　　编：100125

电话传真：86-10-65930756（出版发行部）
　　　　　86-10-65004079（总编室）
　　　　　86-10-65015116（邮购部）

E-mail:zuojia@zuojia.net.cn

http://www.haozuojia.com（作家在线）

印　　刷：三河市华业印务有限公司

成品尺寸：142×210

字　　数：257千

印　　张：12.875

版　　次：2018年2月第1版

印　　次：2018年2月第1次印刷

ISBN　978-7-5063-9559-5

定　　价：49.00元